KB211086

교차로에 선 │ 삶의 무대

인생 2막을 준비하며

박홍섭 지음

교차로에 선

삶의 무대

에필로그는 단순히 이야기의 끝이 아니라,
그 이야기의 의미를 완성시키는 여운이다.

좋은땅

　제1 직장인 '삼성물산'에서 정년 퇴임하고, 바로 다음 날부터 제2 직장인 지금의 '건원 엔지니어링'에서 새로운 직장 생활을 시작했다. 이전에는 대기업의 정년이 만 55세라서 1960년생 이전 출생자들은 만 55세에 대부분 제1 직장을 떠나야 했다. 이 제도는 2017년부터 임금 피크제 형식으로 정년이 만 60세로 바뀌었다. 만 60세 정년 제도가 시작하는 첫해에 해당하는 나이라서 졸지에 앞서가던 선배들이 모두 떠난 회사의 맨 선두에 남아서 5년을 더 근무할 수 있었다.

　해외 현장에서 현장 소장직을 맡고 있던 터라 정년 연장에 따른 임금 피크제 적용도 받지 않았을 뿐만 아니라 오히려 만 60세 이후에도 추가로 연장 계약을 해서 회사를 더 다니다가 도중에 지금의 제2 직장에 알맞은 자리가 있어서 새로운 직장으로 옮기게 되었다. 결국 1960년생 이전 선배님들보다 5년 6개월을 추가로 근무하면서 임금 피크제와 상관없이 해외 급여를 받으면서 삼성물산에서 정년을 맞았다. 주변에서는 제1 직장 퇴임 후 몇 개월 정도 휴식을 취한 뒤 제2의 직장에 합류하길 추천했으나 그러질 못했다.

　오랜 해외 생활 동안 아내와 떨어져 살다가 찾아온 뒤늦은 재회에 대해서도 주변에서 걱정 어린 시선으로 보는 이들이 많았다. 그런 면에서 제2의 직장 선택 조건으로 더 이상 해외 업무가 배제된 국내 업무를 다루는 영역으로 제한하였고, 집에서 가까운 출퇴근 거리에 있는 회사의 본사 업무를 선택하였다.

제2의 직장인 건원 엔지니어링은 CM 전문 회사로, 그동안 시공 회사에 익숙했던 회사 조직과 업무 스타일 등에서 성격이 많이 달라서, 시작부터 여러 어려움이 기다리고 있었다. 정년을 맞기 전까지 대기업의 해외 현장에서 10년 이상을 현장 소장직으로 근무하면서 직접 장표를 만드는 일에서 손을 놓았던 게 제2의 직장 생활에서 핸디캡으로 다가왔다.

자존심을 내려놓고, 여태껏 사용해 오던 MS 워드 대신 아래 한글 사용법을 새로 배워야 했고, 파워포인트 장표 만드는 작업도 처음부터 배워야 했다. 또한 시공 회사의 현장에서 근무할 때는 현장 둘러보는 일이 많았기 때문에, 업무 스타일이 대체로 자유로운 편이었다가 온종일 책상에만 앉아 있는 제2의 직장에서의 본사 생활이 처음에는 매우 갑갑했으나 이제는 적응이 되었다.

그러나 언젠가는 또다시 제2의 직장마저 떠나는 온전한 은퇴의 시기가 도래할 것이다. 대부분이 해외 생활이었던 제1 직장에서의 30여

년과 다시 국내에서의 제2 직장 생활마저도 입체적인 모습과 다양한 역할로 살기보다는 회사가 필요로 하는 도구로서 절제와 억압이 필요한 시간이 더 많은 게 현실이다.

이런 굴레에서 한꺼번에 해제됨은 물론이고, 그동안 갖고 있던 모든 타이틀을 내려놓게 되었을 때 무력감과 우울감에 빠져들지 않고, 온전히 스스로 조절하면서 진정한 자유를 누리고, 가까이는 아내와, 더 나아가면 주변의 자주 상대해야 할 새로운 지인들이나 친구들과 슬기롭고 원만한 관계를 맺으며 서로에게 마음의 상처를 주지도 받지도 않고, 잘 지낼 수 있는 기술을 위한 준비와 예비 기간이 필요하게 될 것이다.

그래서 지금은 에필로그를 꿈꾸는 시간이다. 에필로그는 단순히 이야기의 끝이 아니라, 그 이야기의 의미를 완성시키는 여운이다. 삶은 크고 작은 이야기들로 이루어진 에피소드의 연속이다. 그동안 살아온 시간과 일터에서의 경험은 그 자체로 하나하나의 에피소드였다.

처음으로 해외에서 직장 생활을 시작했던 말레이시아, 싱가포르, 그리고 대만, UAE, 사우디아라비아, 인도, 방글라데시와 같은 낯선 나라에서의 도전과 배움, 또 귀국 후 새롭게 시작한 제2의 직장 생활 모두

교차로에 선 삶의 무대

가 각기 다른 에피소드로 인생을 채워 왔다.

앞으로의 여정을 준비하는 다짐과 바람을 담아 은퇴 후에는 그동안 쌓아온 모든 에피소드의 결실을 맺으며, 새로운 자유 속에서 자신만의 꿈을 이루는 삶을 그려보고 싶다.

제2의 직장 생활을 이어가며, 회사 포털 사이트의 '일상의 이모저모'라는 코너를 통해 틈틈이 올렸던 글들을 엮어, 생애 세 번째 책으로 《교차로에 선 삶의 무대》, 부제(副題) '인생 2막을 준비하며'를 출간하게 되었다.

생애 첫 번째 책은 삼성물산에서 8개국 9개 해외 현장에서 보고 겪었던 경험을 모아서 2023년에 출간한 《하드햇과 함께한 세계 여행》이었고, 두 번째 책은 그동안 세계 65개국을 여행하면서 모아 둔 여행기 중에서 유럽 대륙 편만을 모아서 2024년에 출간한 《나이 숫자만큼 돌아본 유럽 62 도시 산책》이다.

목차

#1

귀향(歸鄕)

해외에서 20년 이상을 가족과 떨어져 생활하면서 수십 번, 아니 수백 번, 가족의 품으로 돌아가고 싶어 했던 상황과 유사한 플롯을 다루고 있어서 더욱 애착이 가는 책이《오디세이아》이다.

오디세이아

《오디세이아》는 주인공 오디세우스가 트로이 전쟁 후 10년 동안 고향 이타케로 향하는 여정에서 겪는 모험과 부인 페넬로페를 다시 만나는 과정으로, 2,800여 년 전 호메로스는 고행과 귀향(歸鄕)을 소재로 주인공 오디세우스의 지혜와 고향에서의 안식을 추구하는 인간 본능을 플롯으로 다루고 있다.

그리스 영웅 오디세우스가 트로이로부터 고향 이타케로 돌아가는 길에 겪는 10년간의 모험을 그린 서사시는 이렇게 시작된다. "들려주소서 뮤즈 여신이여. 그 용사의 이야기를. 트로이의 거룩한 도시를 무너뜨린 뒤, 참으로 많은 나라들을 방황해 온 지략이 뛰어난 그 사나이의 이야기를, 자랑스런 트로이의 함락 후 너무 멀리까지 헤매었고, 수많은 인간들의 도시를 보고 풍속을 익혔다네. 그리고 바다에서 이루 말할 수 없는 고난을 수도 없이 겪었다네. 그러한 이제까지의 이야기를, 어느 대목부터라도 좋으니 제우스의 따님이신 뮤즈 여신이여, 우리에게도 이야기해 주소서."

오디세이아와 세이렌(존 윌리엄 워터하우스)

인간의 삶은 원심력과 구심력 사이에서 미묘한 균형을 이루며 흘러간다. 우리는 늘 떠남을 동경한다. 미지의 세계, 새로운 가능성, 자신이 알지 못했던 자신을 발견하기 위해서 떠난다. 그러나 떠남이 이루어지면 우리는 다시 돌아갈 곳을 찾고, 귀환을 꿈꾼다. 떠남과 귀환은 상반된 방향성을 지니고 있지만, 어쩌면 이 둘은 동일한 근원을 가진 움직임일지도 모른다. 오디세우스의 여정은 이러한 삶의 역학을 상징적으로 보여준다. 그는 트로이 전쟁으로 인해 고향 이타케를 떠나 10년 동안 싸웠고, 전쟁이 끝난 후에도 귀향을 향한 또 다른 10년의 긴 여정을 시작했다.

그 여정은 끊임없는 시련과 유혹, 방황으로 가득했지만, 그는 한순간도 자신이 가야 할 길을 망각하지 않았다. 그의 지도는 단순한 물리적 도구가 아니라 그의 삶에 대한 확고한 의지였다. 그는 별자리를 보고 방향을 잡았으며, 올림푸스의 신들에게 때로는 도움을 청하고, 때로는 그들을 의심하며, 자신의 내면 깊은 곳에서 솟아나는 용기를 붙들었다. 퀴클롭스에게 전우들을 잃었을 때에도, 칼립소의 섬에서 7년을 갇혔을 때에도, 키르케의 유혹에 저항하며 자신의 인간성을 지켰을 때에도 그는 집으로 가야 한다는 생각을 놓지 않았다.

세이렌의 유혹적인 노래는 그의 마음을 흔들었고, 스킬라와 카립디스 사이의 좁은 항로는 그의 용기를 시험했으며, 심지어 포세이돈의 분노로 인해 그의 배는 바다 한가운데서 부서지고 동료들은 하나둘씩 사라져 갔다. 그러나 그가 가야 할 방향은 늘 그의 마음속에 선명하게 자리 잡고 있었다. 이 과정에서 그는 혼자가 아니었다. 그의 곁에는 매번 다른 모습으로 나타나 도움을 주는 아테나 여신이 있었고, 낯선 이방인을 환대하는 사람들의 손길이 있었으며, 생사고락을 함께한 전우들이 있었다. 그들은 때로는 사라지고, 때로는 변했지만, 오디세우스가 집으로 가야 하는 이유와 동력을 제공하는 존재들이었다.

결국, 그는 20년의 시간을 거쳐 고향으로 돌아갔다. 귀향은 단순히 출발지로의 물리적 복귀가 아니라, 자신이 누구인지, 어디에서 왔으며 어디로 돌아가야 하는지를 깊이 깨닫는 과정이었다. 떠남과 귀환은 결국 인간이 삶 속에서 끊임없이 반복하는 여정의 두 얼굴이며, 오디세우스는 그 과정을 통해 자신의 삶을 온전히 이해하고 받아들였다. 그의 이야기는 우리 모두가 삶의 여정에서 자신만의 별과 지도를 찾고, 길을 잃지 않으며, 때로는 길을 잃는 것마저 삶의 일부로 받아들이는 용기를 가져야 함을 일깨운다.

2020년 5월에 개봉한 한국 영화 아홉 스님은 오랜 정진과 고행을 담은 독특한 다큐멘터리로 기억된다. 영화의 부제(副題), '가장 낮은 곳에서 새롭게 시작하라'는 그 자체로 인간의 내면으로의 귀향을 상징하는 깊은 울림을 준다. 삭발한 아홉 명의 스님들은 한겨울의 매서운 추위 속에서 난방 기구 없이, 씻지도 못하고, 옷을 갈아입지도 못하며, 단 하나의 출입문이 외부에서 잠긴 밀폐된 천막 속에서 무려 90일 동안 오직 정진에 몰두했다. 하루 한 끼의 식사는 작은 구멍을 통해 제공되었고, 허용된 청결 행위는 양치질이 전부였다. 그들은 모든 세속적 편안함과 일상의 습관에서 철저히 분리된 채, 오직 자신과의 대면, 내면의 깊은 고요와 고통 속에서 새로운 길을 찾기 위한 시간을 보냈다.
영화는 스님들 중 가장 젊은 주지 스님이 직접 촬영한 영상들을 편집해 만들어졌기에, 그들의 고통과 성찰의 과정이 고스란히 드러났다.

처음 삭발한 상태로 들어갔던
스님들은 90일 후 문을 열고 세
상에 모습을 드러냈을 때, 머리
가 자란 모습과 더불어 한층 변
화된 내면의 단단함과 차분함을
지니고 있었다. 그들이 천막을

아홉 스님

나와 환호하는 신자들 앞에 섰을 때, 마치 우주 유영을 끝내고 지구로
복귀한 우주인들처럼 보였다. 신자들의 환호 속에서 그들은 극한의 고
행과 내면의 여정을 마친 후 귀환하는 모습으로 인류가 삶 속에서 찾
는 귀향의 본질을 상징적으로 보여 주었다.

그 장면은 깊은 인상을 남겼다. 세속의 일상을 벗어나 가장 낮은 곳
에서 자신을 돌아보고, 고통 속에서 삶의 본질을 마주한 이들이 세상
으로 다시 돌아오는 모습은 단순한 복귀를 넘어선 귀향의 의미를 담고
있었다. 그들의 모습은 고난을 겪고 성장하여 다시 세상으로 돌아온
인간의 내적 변화를 상징했고, 우리가 삶에서 겪는 떠남과 귀환의 과
정을 압축적으로 보여주는 듯했다. 이 과정은 단순히 물리적인 복귀가
아니라, 스스로를 새롭게 시작하고 변화된 모습으로 세상과 다시 만나
는 귀향의 여정이었다. 아홉 스님은 이런 점에서 오디세우스의 이야기
와도 연결되며, 귀향이란 결국 자신이 누구인지를 알고, 새로운 자신
으로 세상과 다시 만나기 위한 과정임을 상기시킨다.

교차로에 선 삶의 무대

방글라데시 다카에서의 해외 현장 근무 생활을 마치고 2022년 2월 드디어 귀국행 전세기를 타고 한국으로 돌아왔다.

방글라데시 다카 국제공항 현장 현지 직원들과 귀국 송별 사진

1993년 11월 말레이시아 쿠알라룸푸르에서 첫 해외 현장 근무를 시작한 이래로 30여 년의 삼성물산에서의 직장 생활 중 23년 동안 해외에서 근무하였고, 정년퇴직을 맞아 영구 귀국하게 되었다. 특히 40대 후반인 2007년 초부터 만 60세 정년을 맞을 때까지 UAE 두바이, 인도 뭄바이, 사우디아라비아 리야드, 다시 인도 뭄바이, 방글라데시 다카까지 약 17년 동안을 연속으로 중동과 서남아시아의 험한 환경 속에서 살아왔다.

그동안의 낙후되고 열악한 환경들, 가족과의 오랜 이별 생활, 현장 소장으로서의 중압감 등의 여러 가지 굴레에서 벗어나 가족의 품으로 돌아오는 감회는 참으로 남달랐다.

수십 년 동안의 해외 생활을 마무리하고 한국으로 돌아가는 길, 이 낯선 익숙함이 주는 감동을 쉽게 표현할 수 없을 정도였다. 한편으로는 이방인으로서

방글라데시 다카

살아온 나날들이 파노라마처럼 스쳐 지나갔고, 다른 한편으로는 이제는 가족과 함께 익숙한 땅에서 소소한 일상으로 돌아갈 생각에 마음이 설렜다.

사우디, 인도, 방글라데시 등 남들이 근무를 기피하는 오지 나라에서 고생했다고 위로해 주는 분도 있었고, 이번 귀국이 앞으로 몇십 년을 두고두고 감사해야 할 삶의 전환점이 되는 계기가 될 거라고 격려해 주기도 하고, 또 어떤 분은 이제야 진정한 한국인이 되게 됨을 축하한다고도 했다.

오랫동안 꿈꾸어 왔던 아내와 함께 주말농장에서 땀을 흘리고 싱싱한 푸성귀를 직접 키워보는 일을 시작할 수 있음은 물론 함께 땀 흘린 뒤 그늘막에서 커피를 나누며 소박한 행복을 누릴 생각만 해도 가슴이 벅차올랐다.

사우디아라비아 리야드의 황량한 사막에서 나무가 자라는 공원을 찾아 헤맸고, 인도와 방글라데시에서도 조금이나마 푸르름을 느낄 수 있는 곳을 찾으려 애썼던 날들이 떠올랐다.

교차로에 선 삶의 무대

방글라데시 다카 공항 귀국행 전세기

그때마다 자연을 그리워했고, 고국에서 경험했던 사계절이 그리웠다. 이제는 한국의 풍성한 자연 속에서, 집 근처 둘레길을 따라 걸으며 계절의 변화를 만끽할 수 있게 되었다.

매일의 일상에서 누릴 수 있는 자연과 평화, 가족과의 소소한 대화, 따스한 햇살과 바람의 냄새, 이런 한국 자연의 푸르름을 유독 감사하게 느낄 것이다. 여느 사람들에게는 너무나 당연해서 공기처럼 미처 감사하지 못하는 자연의 푸르름일지라도, 도심 한가운데 작은 나무 한 그루조차 귀하게 느껴지던 곳에서 살다가 한국의 울창한 숲과 유럽의 선진국 수준보다도 더 잘 가꾸어진 주변의 근린공원과 둘레길을 마음 놓고 즐길 수 있음에 오래오래 유별나고도 각별히 즐기고 싶다.

#2

주말농장

　귀국하기 전까지 방글라데시 다카에서 생활하였다. 방글라데시에는 한국인 선교사 내외가 30년째 운영하는 '묵다가차' 농장이 있다. 가축을 키우면서 온갖 종류의 야채를 재배한다. 카톡 단톡방을 통해 일주일에 2회 주문을 받아서 다카에 거주하는 한인들을 대상으로 각 가정의 집까지 온갖 종류의 신선한 야채와 육류를 배달해 준다.

　선교사님이 매주 화요일과 목요일에 '묵다가차' 농장 카카오톡 단톡방에 공급할 수 있는 아이템과 가격이 적힌 리스트를 올려놓으면 교민들이 이 리스트를 보고 주문을 하게 된다. 그러면 농장에서는

묵다가차 농장 생산 야채

각각의 주문대로 비닐봉지에 포장해서 수요일 저녁과 토요일 저녁에 방글라데시 현지인이 교민들의 아파트 현관까지 배달해 주고 현금으로 받아 간다.

방글라데시 묵다가차 농장

　그동안 여러 나라에서 살면서 주로 한국 슈퍼에서 식품이나 식자재 등을 구입할 수는 있었지만, 직접 선교사님이 재배한 온갖 종류의 야채들과 직접 사육한 육류를 이처럼 쉽게 구입할 수 있는 나라는 방글라데시가 처음이었다.

　육류는 닭고기, 소고기, 양고기를 부위별로 판매하고, 열무, 배추, 양배추, 무, 쪽파, 대파, 아욱, 시금치, 부추, 청경채, 브로콜리, 미나리, 상추, 깻잎, 쌀, 계란, 식혜, 치즈 등도 주문하면 집으로 배달해 주었다.

　이런 '묵다가차' 농장을 보면서 귀국 후에는 취미 생활로 주말농장을 해 보고 싶었다.

　어릴 적, 할머니께서 텃밭을 가꾸시던 모습이 떠오른다. 이른 아침, 수건으로 머리를 질끈 동여매시고 흙냄새 가득한 밭에서 부지런히 일하시던 할머니는 늘 즐거워 보였다. 그 텃밭에는 붉게 익어 가는 토마토와 노란 참외, 마늘, 보랏빛 가지, 초록빛 고추, 상추, 그리고 땅속에 숨어 있던 감자와 고구마들이 자라고 있었다. 초등학교 하굣길에 들러서 바로 따 먹을 수 있는 야채는 어린 가지와 오이, 토마토, 참외 등이었다. 다 자라기 전 어린 가지는 생으로 따서 먹으면 달콤하고 맛이 있었다. 상추쌈에 밥과 된장을 얹어 한입에 넣어 먹거나 찐 호박잎을 된장찌개 국물에 적셔 밥에 얹어 먹던 기억이 난다. 마늘이 자라면서 올라오는 마늘종은 찬밥에 물 말아 먹으면서 된장이나 고추장에 찍어 먹으면 밥맛이 더해졌다. 가지를 쪄서 간장으로 버무린 요리와, 저녁에 가족이 모여 앉아 껍질을 벗기는 일이 귀찮았던 고구마 줄거리 역시 나물로 무쳐 먹는 반찬거리가 되었다.

하지만 도시로 떠나오면서 텃밭의 추억은 점점 먼 기억 속으로 사라져 갔고, 흙을 만질 기회도 자연과 가까워질 시간도 점점 줄어들게 되었다. 수십 년의 세월이 흘러, 그 아련했던 텃밭의 추억이 문득 떠올랐다. 흙냄새, 햇살 아래 반짝이던 작물들, 그리고 그곳에서의 평화롭던 시간이 그리워졌다.

오랫동안 갈망해 왔던 주말농장을 귀국 후에 갖게 되었다. 덕소에 있는 고대 주말농장은 다섯 평 규모로 구획해서 약 400필지를 매년 초 신청을 받는다. 여동생네가 미리 신청해 주어서 귀국 첫해부터 참여할 수 있게 되었고, 현재 3년째 참여하고 있다.

고대 덕소 주말농장

　이 주말농장은 진입로와 농지를 구획하고, 진입로 변에 각 단위 농지마다 참여자들의 번호와 이름이 적힌 팻말을 꽂아 준다. 진입로를 따라서 곳곳에 수전과 물 주는 호스가 연결되어 있어서 물통으로 날라서 물을 주는 수고를 덜게 하였고, 봄 농사가 시작되는 4월에는 상추 모종을, 가을 농사가 시작되는 9월에는 배추 모종을 무료로 나누어 주고, 잡초 성장 방지용 비닐과 몇 가지 기본적인 농기구들을 비치해 놓고 있다. 다섯 평 한 필지 기준 1년 사용료는 15만 원이다. 집에서 12km 거리이고, 구리암사대교를 건너면 20분이면 도착할 수 있다.

　주말농장을 처음 찾았을 때, 어릴 적 보았던 할머니의 텃밭이 떠올랐다. 비록 주변 환경은 다르고 농사를 지을 기술도 부족했지만, 밭에 서 있는 순간 마음이 설 다. 흙냄새를 맡으며 모종을 심고 물을 주는 동안 어린 시절의 기억이 되살아났고, 그리웠던 자연의 따스함이 마음을 채웠다.

텃밭을 늘 보고 자랐던 어린 시절처럼, 지금의 주말농장은 단순한 취미 이상의 의미를 지닌다. 직접 심고 키운 작물들이 땅 위로 고개를 내밀 때마다, 마치 어린 시절 할머니와의 추억이 새로운 모습으로 삶 속에 자리 잡는다. 시끌벅적한 도심 속 생활에서 벗어나 자연과 마주할 수 있는 농장의 매력은 한국 생활에서 받을 수 있는 첫 번째 선물이었다.

주말농장 농사는 보통 4월에 시작하는데, 상추를 시작으로 아욱, 쑥갓, 근대, 고추, 가지, 토마토, 방울토마토, 참외, 오이, 호박 등 다양한 작물을 심는다.

농사 초반에는 똑같이 작게 자라는 모종들이 크게 차이 나 보이지 않지만, 시간이 지나면서 각 단위

주말농장 수확물

농지마다 주인의 역량에서 차이가 나기 시작한다. 시작할 때부터 토양에 거름을 주고, 정성을 들여 농작물의 성장에 필요한 지지대를 잘 세워 주고, 잡초를 제거하며, 물을 알맞게 주는 등의 여러 작업을 꼼꼼히 하는 이들은 어느새 '프로 농사꾼'이 되어 간다. 하지만 조금 덜 신경 쓰거나 시간이 부족해 자주 오지 못해 잡초가 무성한 농장주들의 밭은

교차로에 선 삶의 무대

금방 표가 나는데, 이 또한 농장의 관전 포인트 중 하나이다.

봄 농사 중에서 가장 쉽고 수확이 많은 것은 상추이다. 상추는 지인들에게 나누어 주고도 남을 정도로 잘 자라는 편이다. 방울토마토, 고추, 가지도 버팀대만 잘 세워 주면 수확이 어렵지 않은 편이다. 고추는 진딧물이 문제이다. 천연 퇴치 방법으로 막걸리를 뿌리거나, 마요네즈와 가성 소다를 희석한 물, 또는 식초를 희석한 물을 뿌려 없애 주기도 한다. 배추도 그냥 놔두면 배추벌레가 배춧잎을 망사처럼 만들어 버리기 때문에 초기에 화초에 뿌리는 약제를 뿌려 주면 그 뒤로 벌레가 생기지 않는다. 덕소 농장에는 고라니가 근처에 살고 있어서 줄을 쳐서 침입을 막아 주기도 한다.

봄에서 여름까지의 농사를 마치면 가을에 배추와 무 모종을 심어서 11월 하순 서리 내리기 전쯤에 김장용으로 수확한다.

농장에서는 단지 농작물의 성장뿐만 아니라 작은 일상의 행복, 즉 소확행도 느낄 수 있다.

이른 아침 흙을 만지고 작물을 돌본 뒤 잠시 허리를 펴고 쉼터로 향하면, 농장의 원두막과 그늘 쉼터는 자연스럽게 작은 공동체가 된다. 여동생 내외와 함께할 때는 가족 간의 웃음소리와 소소한 이야기들이 오가고, 농사 경험과 작물 관리에 대한 유익한 팁을 나누는 시간이 된다. 이웃 농장 사람들과는 따뜻한 커피를 마시며 농사 노하우와 어려움을 공유하거나, 새로운 아이디어를 들으며 서로에게 영감을 주기도 한다.

때로는 아내와 단둘이 농장을 찾는 날도 있는데, 그런 날은 조용하고 평화로운 시간이 된다. 자연 속에서 간단히 준비해 간 음식을 나누고 커피 한 잔을 마시며 서로의 이야기를 나누다 보면, 분주한 도심 속에서는 느낄 수 없는 특별한 여유가 찾아온다. 아내와 대화를 나누는 동안 주변의 나무와 바람 소리, 그리고 푸른 풍경이 하나의 배경이 되어 준다.

농장은 단순히 작물을 가꾸는 일터를 넘어, 사람들과 따뜻한 교류를 나누고 자연의 품에서 평온함을 느끼는 공간이다. 이런 시간은 일상의 고단함을 덜어 주고, 삶에 소소한 행복과 충만함을 더해 준다. 도심의 빠른 흐름에서 벗어나 자연과 사람을 벗 삼아 보내는 이 순간들이야말로 무엇과도 바꿀 수 없는 소중한 시간임을 깨닫게 된다.

고대 덕소 주말농장 원두막

교차로에 선 삶의 무대

농장의 풍경은 시간이 계절에 따라 저마다 다른 표정을 띤다. 4월의 따스한 봄바람 속에 모종을 심고, 여름에는 땀 흘리며 열심히 물을 주면 가장 먼저 상추를 수확하고, 근대, 아욱잎, 깻잎 등을 수확할 수 있다. 가을에는 주로 김장용 배추와 무가 주류를 이룬다. 이러한 주말농장 생활은 단순히 농작물을 가꾸는 것에 그치지 않고, 소소한 수확과 평온함을 통해 도심 속 복잡한 일상을 벗어나 자연의 리듬을 따라가는 시간을 선물해 준다.

사우디아라비아나 인도 방글라데시의 척박한 환경에서 늘 자연의 푸르름과 깨끗한 환경을 갈망해 오면서 가족과 떨어져 혼자서 지내던 해외 생활과 비교해 보면 우선 자연의 푸르름을 가장 가까이서 느낄 수 있음은 물론이고, 휴일에 아내와 함께 일과 보람을 공유하는 시간이 너무도 감사하다.

#3

산행(山行)

　제2 직장 생활을 하면서 휴일에 주말농장 가꾸기와 하남 검단산을
등정하는 일이 주요 루틴 중의 하나가 되었다.

하남 검단산 등산로 안내판

　집에서 가까운 5호선 지하철을 타고, 하남 검단산역 종점에서 하차
한 뒤 약 1km를 걸어가면 하남 검단산 입구에 도착한다. 입구에서 검

단산까지는 약 4.2km로 2시간이면 해발 657m 검단산 정상에 오를 수 있다. 집에서 출발해서 도착하는 왕복 시간은 5~6시간 정도가 소요된다. 집에서 지하철역까지와 하남 검단산역에서 검단산 입구까지 걷는 걸 모두 합치면 대략 20,000보의 걸음을 걷게 된다. 아직은 이 산 저 산 옮겨 다니지 않고, 하남 검단산 한 곳에 만족하면서 혼자서 산행을 이어 가고 있다.

하남 검단산 정상

가장 기억에 남는 산행은 2013년 11월, 7박 8일 동안의 네팔에 있는 히말라야 안나푸르나 베이스캠프 왕복 산행이다. 네팔 카트만두에 거주하시는 이호철 사장님의 주선으로 네팔 현지 가이드와 포터와 셋이서 네팔의 히말라야 안나푸르나 베이스캠프까지를 등정하였다.

그런데 여행 첫날부터 어처구니없게도 사우디아라비아 리야드를 출발해서 두바이를 거쳐 네팔의 카트만두에 도착하는 fly dubai 항공편은 밤 10시에 예정대로 잘 도착하였으나, 사우디아라비아에서 수화물로 부친 카고백이 함께 도착하지 않는 해프닝이 발생하였다. 아마도 두바이를 경유하면서 일부 수화물들을 빠뜨린 모양이었다. 카트만두 수화물 벨트에서 1시간 이상을 기다려도 수화물이 나오지 않았는데 이날 수화물을 받지 못한 사람이 여러 명 있었다. 항공사 직원에게 따져 물었더니 태연하게 다음 날 같은 시간에 오는 항공편에 수화물이 올 예정이니 그때 찾아가면 된다고 말했다. 카고백 속에는 침낭, 내복, 트레킹 신발, 방수 재킷 등 1주일 동안 히말라야 안나푸르나 베이스캠프(ABC)를 오르기 위해 철저히 준비했던 모든 필수 장비와 옷들이 들어 있었다.

이미 정해진 네팔 카트만두~포카라 국내 항공 및 포카라에서의 히말라야 입산 예약 일정 때문에 다음 날 새벽 비행기로 카트만두를 떠나 포카라로 이동해야 했다. 항공사 직원 말대로 다음 날 수화물이 도착했지만 이미 그 시간은 히말라야 산속 뉴브리지 로지에 있는 시간이었다. 하루 늦게 도착한 카고백은 카트만두의 이호철 사장님이 공항에서 찾아다 놓았지만 산행에는 도움이 되지 못했다.

다행이도 포카라는 네팔 히말라야 트레킹의 주요 관문 도시로, 이곳에서 시작되는 안나푸르나 트레킹 코스는 세계적으로 유명하기 때문에, 포카라 시내에는 트레킹을 준비하는 여행객들의 편의를 위해 온갖

교차로에 선 삶의 무대

등산 용품을 판매하거나 빌려주는 상점들이 밀집해 있었다. 이곳에서 속옷을 포함해서 방한복과 방수 트레킹 등산화 등 카고백에 넣어 두었던 물건들을 통째로 새로 구입하였다.

네팔 포카라 등산용품 판매점 거리

포카라에서 구입한 등산 용품 모두를 1주일 동안 함께 고생하면서 산행을 도와준 가이드와 포터에게 선물로 주었고, 늦게 도착해서 카트만두 이호철 사장님 댁에서 생뚱맞게 대기하고 있던 카고백은 귀국 전에 돌려받았다.

카고백에 대한 미련은 과감히 떨쳐 버리고, 새로운 마음으로 트레킹을 시작하였다. 포카라 시내에서 차량 편으로 1시간 30분을 달려 나야폴(1,070m)의 안나푸르나 트레킹 출발 장소에 도착하였다.

도착 후, 입산을 위해 반드시 필요한 TIMS 카드와 국립 공원 입산 허가증을 발급받는 절차를 진행했다. 입산 허가증은 나야폴 인근의 관리소에서 발급받을 수 있었으며, 여권과 여권 사진, 그리고 허가증 발급을 위한 수수료 50달러를 지불했다.

허가증 발급 절차를 마친 후, 본격적으로 나야폴에서 트레킹을 시작했다.

네팔 히말라야 안나푸르나 트레킹

나야폴을 출발하여 비레탄티, 샤우리 바자르, 시와이, 쿄우미, 그리고 칼차네를 차례로 지나며 길을 이어갔다. 비레탄티 마을에서는 전통적인 네팔식 돌다리와 초록빛 들판이 눈길을 끌었고, 샤우리 바자르에서는 작은 상점들과 현지 주민들의 활기찬 모습을 볼 수 있었다.

트레킹 경로는 곳곳에서 경사가 있는 오르막과 내리막이 이어졌지

　　　　　　　　　　　　　　교차로에 선 삶의 무대

만, 길게 뻗은 계곡과 울창한 숲의 풍경이 지루함을 잊게 만들었다. 5시간의 산행 끝에 뉴브리지(1,340m)의 작은 로지에 짐을 풀고, 히말라야 산속에서의 저녁노을과 계곡 풍경을 감상하며 하루를 정리했다. 처음 시작한 트레킹의 피로는 있었지만, 자연 속에서 느낀 설렘과 기대가 이를 충분히 덮어 주었다.

산행 두 번째 날, 해발 1,340m의 뉴브릿지를 출발하여 점차 고도를 높이며 걷기 시작했다. 계곡의 맑은 물소리와 산새들의 노랫소리와 함께 아침의 신선한 공기가 몸을 깨워 주는 듯했다. 첫 번째 도착지는 지누난다로 뜨거운 온천이 있는 마을인데, 짧은 휴식을 취하며 온천은 시간상의 제약으로 생략하였다. 지누난다에서부터 본격적으로 가파른 오르막길이 시작되었다. 숲길을 따라 걸으면서 고도가 조금씩 높아질수록 숨은 차올랐지만, 상쾌한 히말라야의 공기가 지친 몸에 활력을 불어넣었다. 다음으로 도달한 촘롱은 매력적인 작은 마을로, 이곳에서 멀리 히말라야 봉우리의 설산을 처음으로 마주했다. 눈부신 흰빛의 봉우리가 마치 손에 닿을 듯 가까이 느껴졌다.

촘롱을 지나 시누와(Sinuwa)에 도달할 때까지는 꾸준한 오르막과 계단이 이어졌다. 이 지역 특유의 돌계단은 발목과 무릎에 부담을 주었지만, 매 순간 멈춰 뒤를 돌아볼 때마다 펼쳐지는 풍경이 위로해 주었다. 마침내 해발 2,310m에 위치한 뱀부 로지에 도착했을 때, 하루의 여정은 끝이 났다. 이곳은 이름 그대로 대나무 숲으로 둘러싸인 고즈넉한 장소였다. 하루 동안 6시간 넘게 걸으며 970m 고도를 상승하였다. 도

네팔 히말라야 뱀부

착 후 가이드가 로지 주방에서 얻어다 준 뜨거운 물을 천천히 마시니 몸에 온기가 전해지면서 하루의 피로가 풀리는 느낌이 들었다.

산행하면서 거쳐 가는 로지 시설들은 지나가는 트레커들에게 음식을 파는 비즈니스가 주 수입원이었고, 오히려 간이 숙박 시설은 바람막이조차 제대로 안 되는 그야말로 헛간 같은 공간에 낡은 침구류

로지 식사(신라면과 현지 백미)

가 전부였다. 대부분 로지에는 뜨거운 물과 한국의 신라면을 비치하고

교차로에 선 삶의 무대

있었다. 산행하면서 주로 먹었던 식사는 신라면에 현지식 백미를 말아 먹거나 볶음밥과 현지식 수프를 먹는 식의 연속이었다.

네팔 히말라야 안나푸르나 로지 내부

산속을 오래 걷는 체력보다는 열악한 시설의 로지에서 추위와 제대로 잠을 자지 못하는 수면 부족이 오히려 피로감을 누적시켰다. 전혀 난방 시설이 없어서 외기와 같은 온도로 차가운 로지 시설에서 체감 온도는 상상보다 훨씬 추웠고, 침낭 속에 몸을 웅크리고 누웠지만 쉽게 잠을 잘 수 없었다. 가이드의 조언대로 알루미늄 물통에 뜨거운 물을 넣어서 수건으로 둘둘 말아서 침낭 안에 넣어 두니, 잠들기 전 처음에는 약간 온기가 전해져서 도움이 되었지만 새벽 추위에 저절로 잠이 깼다. 옆에 칸과는 나무판자로 공간 구획만 되어 있어서, 같은 공간에서 잠을 자지 않을 뿐이지 옆 칸 사람의 기침 소리는 물론이고, 코 고는 소리까지도 다 전해져서 한번 깬 잠을 다시 잠들지 못하고, 캄캄한 어둠 속에서 추위에 떨면서 동이 트기를 지루하게 기다려야 했다.

세 번째 날은 뱀부(2,310m)~도반~히말라야를 거쳐 데우랄리 로지에 도착하였다. 이날도 총 6시간, 7.5km 거리를 이동하여 890m의 고도를 상승하면서 고산 지대에 진입할수록 풍경은 점점 압도적으로 변해 갔다. 특히 데우랄리 로지는 산을 오르는 트레커들과 내려오는 트레커들이 동시에 묵는 장소라서 오후 늦게 도착해 보니 허름한 방조차 구할 수가 없어서 결국은 가이드와 포터들이 함께 잠을 자는 식당에 마련된 공간에서 잠을 자야 했다.

그런데 이 공간은 다른 로지에 비해 여러 명이 한꺼번에 잠을 자고, 제대로 된 건물이라서 외기보다는 실내 기온이 높았다. 또한 데우랄리

네팔 히말라야 마차푸차레 봉

는 고도가 3,200m라서 이곳부터는 고소 적응을 하는 장소이고, 고산병 때문에 머리를 감거나 샤워를 하지 말고, 천천히 이동하고, 따뜻한 물을 많이 마시라고 조언하였다. 하지만 그 아름다움과 기대감의 충만에도 불구하고 고도가 높아지며 점점 얕아지는 호흡과 피로가 몸에 부담을 주기 시작하였다.

4일째 산행은 새벽 4시에 서둘러서 데우랄리(3,200m)를 출발하였다. 칠흑 같은 어둠 속에 헤드 랜턴에 의지한 채 가이드의 뒷모습만을 따라가면서 2시간을 걸어, 새벽 6시에 마차푸차레 베이스캠프(3,700m)에 도착하였다. 약간의 휴식을 취한 뒤 마차푸차레 베이스캠프를 지나 거의 평지에 가까운 길을 걸어 안나푸르나 베이스캠프(4,130m)로 올라가는 도중에 우려했던 고소증이 나타나기 시작하였다. 도저히 발을 떼기가 힘이 들었다. 동행하던 가이드가 일단 마차푸차레 베이스캠프로 무

네팔 히말라야 안나푸르나 베이스캠프

조건 내려가야 한다고 조언해서 그의 말에 따라 마차푸차레 베이스캠프까지 다시 내려와서 약간의 휴식을 취했다.

이곳에서 포기하고 돌아가기에는 지난 4일 동안의 고생이 너무 아까워서 다시 안나푸르나 베이스캠프를 향해 올라갔다. 천천히 한 발한 발 걸음을 떼면서 올라갔지만 다시 베이스캠프를 100여 미터 눈앞에 두고, 머리가 깨질 것 같은 고통이 찾아와서 그대로 차가운 땅바닥에 누워서 일단 얼굴을 찬 바닥에 대면서 20분 정도 휴식을 취하고, 간신히 네발로 기어가다시피 해서 꿈에 그리던 안나푸르나 베이스캠프에 도착하였다. 베이스캠프를 향해 정면으로 보이는 안나푸르나 남봉과 그 옆에 가려져 안 보이던 안나푸르나 주봉 정상이 새파란 하늘 아래 웅장히 버티고 있는 모습을 마주한 순간 왈칵 눈물이 날 정도로 반가웠다.

네팔 히말라야 안나푸르나 남봉

교차로에 선 삶의 무대

안나푸르나 주봉은 이른 오전 이후에는 구름이 몰려와서 제대로 볼 수 없기 때문에 안나푸르나 베이스캠프에 미리 도착해서 하루를 묵고, 다음 날 아침에 보거나, 당일에 보려면 3,200m 고도의 '데우랄리' 로지에서 새벽 4시쯤 출발해서 3,700m인 마차푸차레 베이스캠프를 거쳐 4,130m인 안나푸르나 베이스캠프까지 8km를 이동해야만 안나푸르나 주봉의 선명한 모습을 볼 수 있다. 천신만고 끝에 마주한 안나푸르나 주봉의 모습은 황홀한 마음을 금할 수가 없을 정도로 장엄하고 아름다웠다.

이날은 새벽 4시부터 산행을 해서 마차푸차레 베이스캠프(MBC)와 안나푸르나 베이스캠프(ABC)를 들러 보고, 다시 마차푸차레 베이스캠프를 거쳐 데우랄리 로지로 돌아올 때까지 930m의 고도 상승과 하강으로 16km 거리를 이동하는 강행군을 하였다. 고산병 증세와 체력 고갈로 데우랄리 로지에 늦게 도착하는 바람에 역시나 방이 없어서 전날 가이드와 포터들이 함께 잤던 그 식당에서 다시 잠을 자야 했다.

산행 5일째에는 데우랄리(3,200m)~히말라야~도반~뱀부~시누와를 거쳐 촘롱(2,170m)까지 15.6km거리를 하산하였고, 산행 6일째에는 새벽 4시에 촘롱을 출발해서 지누단다~뉴 브릿지~칼차네~쿄우미~시와이~나야폴까지 하산한 뒤 차량으로 포카라로 돌아와서 포카라 시내 투어와 포카라 '페와 호수' 보팅을 한 뒤 포카라 호텔에 숙박하면서 안나푸르나 산행을 모두 마쳤다.

히말라야 안나푸르나 트레킹을 마치고 다시 포카라에 도착했을 땐 완전히 녹초가 되어 있었다. 입술은 갈라지고 부르터서 겉껍질이 홀랑

벗겨져 있었다.

머릿속에 가득했던 과연 해낼 수 있을까? 하는 의문은 사라지고 대신 4,130m의 고산을 걸어서 다녀왔다는 성취감이 뿌듯하게 자리 잡았다. 돌아오는 길에, 도착이 지연된 수화물이나, 추위에 떨며 잠을 설쳤던 밤들도 이제는 이 여정을 더욱 특별하게 만들어 준 추억으로 다가왔다. 히말라야 안나푸르나 베이스캠프 왕복은 자연의 위대함을 알려 준 동시에, 예상치 못한 어려움 속에서 스스로를 믿고 도전하는 자신감을 갖게 한 잊지 못할 여행의 한 페이지가 되었다.

2022년에는 말레이시아 코타키나발루에 있는 키나발루산을 등정하였다. 키나발루산 등반 역시 강행군의 연속이었지만, 그만큼 뜻깊은 경험으로 남았다. 등반 첫날 아침, 호텔에서 간단히 아침 식사를 마치고 해발 1,866m 지점에 위치한 팀폰 게이트로 이동했다. 이곳은 키나발루산 등반의 시작점으로, 이른 아침의 청량한 공기와 함께 산행의 설렘이 가득했다. 등반 전 간단한 안내와 절차를 마친 후, 키나발루산행의 첫걸음을 내디뎠다.

첫날 일정은 약 6km의 거리를 오르는 코스였다. 해발 1,866m에서 시작해 3,273m의 라반라타 산장까지 1,400m의 고도를 높이는 여정이었다. 산행 초반은 비교적 완만한 경사로 이어졌고, 울창한 열대우림 속에서 새소리와 계곡물 소리를 들으며 걸을 수 있었다. 그러나 고도가 점차 높아질수록 산소가 부족해지는 느낌과 함께 경사가 가팔라

지기 시작했다. 중간중간 위치한 쉼터에서 잠시씩 휴식을 취하며 물을
마시고 간식을 먹으면서 에너지를 보충했다.

  오후가 되자 산 정상 부근에 자주 나타난다는 키나발루산 특유의 안
개가 주변을 감쌌다가, 비가 내리고, 다시 햇빛이 나기를 반복하였다.

말레이시아 키나발루산

  시야가 점점 좁아지면서 산행의 난이도는 더욱 높아졌지만, 동료 등
반객들과 서로 격려하며 한 발 한 발 나아갔다. 약 7시간의 산행 끝에
마침내 라반라타 산장에 도착했을 때, 모두가 지친 모습이었지만 얼굴
에는 성취감이 가득했다. 산장에서 석식을 함께 나누며 하루 동안의
고생을 나누고, 다음 날 새벽에 있을 정상 등반을 준비하기 위해 잠시
나마 짧은 휴식을 취했다.

다음 날 산행은 새벽 2시에 시작되었다. 깜깜한 밤에 헤드 랜턴 불빛에 의존한 채 라반라타 산장을 떠났다. 약 4km의 야간 산행은 해발 4,095m에 위치한 키나발루산 정상으로 향하는 여정이었다. 초반부터 급경사와 바위 구간이 이어지며 일부 구간은 로프를 잡고 올라가면서 체력 소모가 컸다. 고도가 높아질수록 호흡은 더욱 가빠졌고, 한 걸음 내딛는 것조차 버겁게 느껴졌다. 하지만 머리 위로 펼쳐진 쏟아질 듯한 별빛과 고요 속에서 들려오는 자신의 숨소리는 특별한 경험으로 다가왔다.

새벽 6시경, 마침내 키나발루산 정상인 로우스 피크(Low's Peak)에 도착했다. 정상에 서서 맞이한 일출은 그 어떤 말로도 표현할 수 없는 장관이었다. 하늘은 붉은빛과 주황빛으로 물들었고, 멀리 펼쳐진 구름바다 위로 아침 햇살이 퍼지기 시작했다. 정상에서 찍은 사진과 동료들과 나눈 환희의 순간은 오랜 시간 동안 기억에 남을 것이다.

말레이시아 키나발루산 일출

말레이시아 키나발루산 정상

안나푸르나에 이어 생애 두 번째 4,000m급 정상에서의 감동을 가슴에 안고, 하산을 시작했다. 야간 산행으로 쌓인 피로도 잊은 채 라반라타 산장에서 잠시 휴식을 취한 후 다시 팀폰 게이트까지 내려오는 길은 한결 수월하게 느껴졌다. 오후가 되어 호텔에 도착했을 때, 모두가 몸은 지쳐 있었지만 마음만은 뿌듯했다. 말레이시아 키나발루산 등반은 단순히 높은 곳에 오르는 행위가 아니라, 자신과의 싸움이자 동료들과 함께 만들어 가는 팀워크의 소중함을 배우는 좋은 추억이 되었다.

요즈음 한국의 산행 세태와 특징은 이전보다 더욱 다채롭고 대중적으로 변하고 있다. 산행을 단순한 운동이나 레저 활동을 넘어서, 건강과 힐링을 동시에 추구하는 하나의 문화로 받아들이고 있다. 특히, 주

교차로에 선 삶의 무대

말과 공휴일에는 가족 단위로 산을 찾는 사람들이 많아지고 있으며, 연령대도 다양하다. 20~30대 젊은 층부터 은퇴 후 건강을 위해 산을 찾는 60대 이상까지 산행을 즐기는 사람들은 이제 산행의 주요한 풍경이 되었다.

특히, 등산 복장의 변화는 산행 문화의 독특한 특징 중 하나로 꼽힌다. 전문적인 기능성 의류와 장비를 갖춘 등산객들이 늘어나고 있다. 방풍 재킷, 트레킹 신발, 스틱 등 장비는 물론이고, 색깔이나 디자인까지 신경 쓴 등산복은 하나의 패션 아이템으로 자리 잡았다. 외국에 비해 가벼운 산행이라도 한국의 대부분 등산객은 계절과 기후에 맞춰 전문 산악인 못지않게 철저한 준비를 하는 모습이 인상적이다.

한국의 산행 특징 중 하나는 사계절의 변화를 가장 극적으로 체험할 수 있다는 점이다. 봄에는 연초록의 새싹과 벚꽃이 만개한 숲길을 따라 걷고, 여름에는 짙푸른 녹음과 시원한 계곡물이 동반하는 산행을 즐긴다. 가을에는 울긋불긋 물든 단풍이 하늘을 수놓으며, 겨울에는 눈 덮인 고요한 산길에서 순백의 세상을 만날 수 있다. 계절의 변화를 가장 잘 느낄 수 있는 산행은 자연을 가까이 느끼고 감상할 수 있는 소중한 기회를 제공한다.

산 입구의 풍경도 비슷하다. 산 입구에는 등산객들을 위한 각종 편의 시설과 상점들이 즐비해 있다. 간단한 간식을 파는 가판대부터 아침 일찍 산행을 시작하는 사람들을 위해 커피와 따뜻한 음료를 제공하는 작은 카페, 그리고 산행 후 간단한 식사를 즐길 수 있는 음식점까지, 다양한 상업시설이 산행의 시작과 끝을 풍성하게 만들어 준다.

내장산 단풍

또한, 최근 몇 년 사이에 '산린이(산+어린이, 초보 등산객)'들을 위한 간단한 안내 표지판과 QR 코드 기반의 디지털 등산 가이드도 점점 더 널리 보급되고 있다.

요즘은 도시 근교의 산도 대중교통으로 쉽게 접근 가능하다는 장점 덕분에 많은 사람들이 즐겨 찾는다. 예를 들어, 하남 검단산이나 서울의 아차산, 북한산처럼 대중교통으로도 쉽게 접근 가능한 산은 도심 속 자연을 즐기려는 사람들에게 인기가 많다.

한국 산행 문화는 여전히 변화하고 발전하고 있지만, 그 속에는 자연을 존중하고 즐기는 사람들의 열정과 한국 특유의 공동체 문화가 깊게 자리 잡고 있다.

교차로에 선 삶의 무대

한국에서 산행을 즐기는 또 하나의 독특한 문화는 산악회라는 이름으로 이루어지는 모임들이다. 특히 주말이나 공휴일을 활용하여 목적지만 정하고 무작정 신청하는 형식의 대중 산악회 행사와, 친목과 유대감을 중요시하는 소규모 산악회로 나뉘는 것이 특징이다. 대중 산악회 행사는 목적지만 보고 참가를 결정하는 방식으로, 불특정 다수가 한 버스에 올라타고 정해진 목적지의 산으로 떠나는 형태다. 이런 산악회는 인터넷, 지역 커뮤니티, 또는 여행사 같은 곳에서 쉽게 접할 수 있어 접근성이 좋다. 참가비만 지불하면 왕복 교통편과 가벼운 간식을 제공받는 경우가 많으며, 단체로 움직이는 만큼 일정이 엄격하게 관리된다.

다양한 연령층과 직업군의 사람들이 모이기 때문에, 서로 처음 보는 사람들끼리 같은 버스를 타고 목적지까지 가는 과정에서 자연스럽게 대화가 오가며 새로운 인연을 맺기도 한다. 이러한 형태는 들머리와 날머리가 다를 경우 개인차량을 이용하면 다시 차량이 있

산악회 광고

는 곳까지 돌아가야 하는 불편이 있는 반면 이 산악회는 버스가 날머리에서 대기하고 있기 때문에 편리하다. 다만, 일정이 정해져 있어 개인적인 속도로 산행을 즐기지 못하는 어려운 점도 있다.

한편, 친목 중심의 소규모 산악회는 오랜 시간 함께 산행을 즐겨온

고교 동창 부부 원주 소금산 산행

사람들끼리의 유대감과 소속감을 중시한다.

이런 모임은 대체로 지역 커뮤니티나 직장, 동호회, 동창 모임, 밴드 등에서 자연스럽게 형성되며, 회원들끼리 친분을 쌓으면서 산행뿐만 아니라 사교 활동도 겸하게 된다. 회원들은 주로 자주 다니는 산이나 새로운 산행지를 정해 함께 방문하며, 같은 취미를 가진 사람들과 경험을 공유할 수 있는 것이 장점이다. 등산이 끝난 뒤 함께 음식을 나누거나, 숙소를 잡아 1박 2일로 여정을 이어 가는 경우도 흔하다. 특히, 산악회를 통해 생긴 친목은 단순히 산행을 넘어 여행이나 다른 야외 활동으로 확장되기도 한다.

이러한 산악회 문화는 한국 등산 문화의 특유의 공동체적 성격을 잘 보여준다. 대중 산악회는 대중적인 접근성과 효율성을, 친목 산악회는 깊이 있는 교류와 친밀감을 제공한다는 점에서 각기 다른 매력을 가지고 있다. 주말마다 도심을 떠나 자연 속에서 몸과 마음을 재충전하고, 새로운 사람들과 교류하며 삶의 즐거움을 더하는 산악회 활동은 한국 등산 문화의 중요한 한 축으로 자리 잡았다.

아직은 현역에 근무 중이라서 집에서 접근성이 좋은 하남 검단산을 반복적으로 혼자 산행을 하고 있다. 차츰차츰 시간이 지나면서 함께 산행할 수 있는 모임을 알아보면서 온전히 은퇴 후에는 다양한 국내산 들을 두루두루 경험해 볼 계획이다.

4

따릉이

어렸을 적 자전거를 배우던
추억이 떠오른다. 자전거를 막
혼자 탈 수 있을 정도로 실력이
늘었을 때, 쌀가게 친구 집에 있
던 짐 자전거를 타볼 기회가 생
겼다. 짐 자전거는 쌀 포대를 싣

짐 자전거

고 나르던 용도로 만들어진 육중한 자전거로, 뒷부분에는 커다란 짐받
이가 달려 있어 어린아이에게는 그 크기와 무게가 엄청나게 커 보였
다. 평소에는 감히 다가갈 엄두도 못 냈는데, 그날따라 호기심과 자신
감이 넘쳐서 친구와 의기투합해서 친구네 짐 자전거를 몰래 끌고 나와
타 보기를 시도했다. 쌀 자전거는 처음부터 다루기 어려웠다. 평소 타
던 가벼운 자전거와는 비교도 안 될 정도로 무거웠고, 페달을 밟는 힘
도 훨씬 많이 필요했다.

처음 몇 번은 간신히 균형을 잡으며 앞으로 나아갔지만, 조금 익숙해졌다고 생각하자 더 과감히 속도를 내고 방향을 틀어 보기 시작했다. 그러던 중 예상치 못한 일이 벌어졌다. 좁은 골목길에서 자전거가 급격히 기울며 균형을 잃었고, 눈앞에는 판자를 세워 만든 담장이 버티고 있었다. 자전거는 멈추지 않고 그대로 담장을 향해 돌진했다. '타다다다닥!' 육중한 자전거 핸들이 판자의 면을 긁으며 마치 천둥소리처럼 들렸다. 자전거와 함께 바닥에 나뒹굴었고, 쌀 자전거는 담장 곁에 쓰러지며 멈춰 섰다. 아마도 처음으로 겪은 자전거 사고 체험이었다.

중학교를 졸업할 무렵 청주고등학교 입학시험에 합격했다고 부모님께서 새 자전거를 사 주셨다. 새 자전거 선물에 신이 나서 속리산을 다녀오겠다고 겨울철에 별 준비도 없이 집을 나섰다가 중간쯤에서 바람과 추위에 포기하고 돌아오는 길이 얼마나 고통스럽고 힘이 들었는지 지금도 기억에 선하다.

귀국 후 가장 편리하다고 생각했던 게 서울시의 '따릉이' 이용 시설이다. 고(故) 박원순 서울시장의 정책을 구체화해서 2014년부터 시행된 따릉이는 서울 전역에 공유 자전거를 배치하여 시민들이 쉽게 자전거를 이용할 수 있도록 했다. 이 서비스는 속도 면에서 일반 사이클에 비해 다소 뒤처졌지만, 접근성과 편리성 면에서는 큰 장점을 지니고 있다. 서울 시내 곳곳에 자전거 대여소를 설치하여 시민들이 가까운 대여소에서 자전거를 빌리고, 목적지 인근의 대여소에 반납할 수 있도록 했다.

이용 요금은 합리적인 수준으로 책정하여 누구나 부담 없이 사용할 수 있다. 단기 이용 요금은 1시간당 1,000원, 2시간당 2,000원으로 설정했고, 정기권 이용자는 더욱 저렴한 요금으로 서비스를 이용할 수 있도록 했다. 예를 들어, 1시간 이용권을 기준으로 한 1년 정기권의 가격은 30,000원, 2시간 이용권을 기준으로 한 1년 정기권의 가격은 40,000원이다.

따릉이 거치소

이처럼 따릉이는 저렴한 가격, 손쉬운 접근성, 그리고 환경친화적인 교통수단으로서 서울시민들에게 많은 사랑을 받고 있다. 현재 서울 전역에 걸쳐 수많은 따릉이 대여소를 설치했고, 시민들은 이를 통해 대중교통의 사각지대를 보완하거나 일상적인 운동 수단으로 활용하고 있다. 따릉이는 단순히 자전거 대여 서비스를 넘어, 서울시의 친환경

교차로에 선 삶의 무대

교통 정책과 지속 가능한 도시 발전 목표를 상징하는 대표적인 사례로 자리 잡았다.

  제2의 직장은 지하철을 이용하면 30분 내로 도착할 수 있다. 하지만 이런 편리함을 뒤로하고, 한겨울이나 비 오는 날을 제외하면, 대부분의 출근은 따릉이를 이용하고 있다. 지하철 출근 시간보다 1시간 30분을 앞당겨 5시 45분쯤 집을 나서서 따릉이를 타고 한강 변을 30분 정도 달리면 잠실 한강 공원에 도착한다.

한강 잠실공원

  따릉이를 타고 한강 변을 따라가며 마주하는 풍경은 지하철 창밖으로 스치는 단조로운 모습과는 비교할 수 없을 정도로 다채롭고 아름답다. 집에서 잠실 한강 변 공원까지 약 8km를 자전거로 달리며 점점 밝아지는 하늘 아래 펼쳐지는 한강 주변의 모습을 바라본다. 신선한 바람이 얼굴을 스치고, 강변에 늘어선 나무들과 공원의 초록빛이 아침 공기를 더욱 싱그럽게 만든다.

잠실 한강 변 공원에 도착하면 여유로운 분위기가 감도는 이곳에서 약 30분 동안 머물며 간단한 체조를 한 뒤 모닝커피를 즐긴다. 준비해 온 커피를 한 모금씩 마시며 강 위로 잔잔히 흐르는 물결과 주변의 풍경을 감상한다. 새들이 지저귀는 소리가 들리고, 공원의 나무 사이로 불어오는 바람이 이른 아침의 상쾌함을 더해 준다.

이곳에 앉아 있는 동안은 한강 변 정원의 주인이 된 듯한 기분이 든다. 주변의 고요함 속에서 자연이 주는 평화를 느끼며, 한강의 아침 풍경을 온전히 만끽한다.

이런 행복의 시간을 보낸 뒤 다시 따릉이를 타고 한강 변을 따라 달리다가 탄천과 성남천을 따라 올라가면 사무실이 있는 문정동 법조단지에 다다르게 된다. 거리는 8km이고, 30분 정도 걸린다. 결국 집에서 회사까지 자전거 도로의 거리는 16km이고, 총 소요 시간은 1시간 30분 정도 걸리는 셈이다.

한국의 사이클 문화는 지난 수십 년간 꾸준히 발전하며 대중화되었다. 과거에는 자전거가 주로 이동 수단으로 사용되었지만, 최근에는 레저와 스포츠로서의 역할이 점점 더 커지고 있다. 특히 한강 자전거

교차로에 선 삶의 무대

도로와 같은 잘 정비된 사이클링 코스가 늘어나면서 다양한 연령층이 자전거를 즐기고 있다.

건강과 환경에 대한 관심이 높아지면서 많은 사람이 자전거를 타기 시작했다. 주말이면 한강 변의 자전거 도로나 도시 외곽의 산악 자전거 코스에 자전거를 타는 사람들로 붐빈다.

사이클링의 대중화와 함께 장비와 복장도 전문화되고 있다. 초보자는 비교적 간단한 장비와 편안한 복장을 선호하지만, 숙련된 라이더들은 경량 카본 프레임 자전거, 속도계, 헬멧, 클릿 슈즈와 같은 전문 장비를 사용한다. 특히 여름에는 땀을 빠르게 말릴 수 있는 통기성이 좋은 의류와 선글라스, 겨울에는 방한 장비와 열선 장갑 등이 필수적이다. 이러한 장비는 자전거 타는 경험을 더욱 편리하고 안전하게 만들어 준다.

한강 변 자전거 길 사이클러

성내천 자전거 길

    사이클 동호회는 한국의 사이클 문화에서 빼놓을 수 없는 요소다. 동호회는 지역 기반으로 구성되거나, 특정 목표에 따라 조직된다. 회원들은 함께 라이딩하며 체력을 기르고, 안전한 주행 기술을 익히며, 정보를 교류한다. 동호회 활동은 단순히 자전거를 타는 것뿐만 아니라 사회적 유대감을 형성하는 데도 큰 역할을 한다. 또한, 일부 동호회는 자선 라이딩, 대회 참가, 장거리 투어링 등을 기획하여 더 다양한 경험을 제공한다.

    한국은 유럽의 선진국 못지않게 각 지자체에서 자전거 도로 시설을 확충하고 있다. 한강 자전거 도로는 서울의 대표적인 자전거 코스로, 강변을 따라 약 80km에 달하는 길이 조성되어 있다.

이 외에도 경인 아라뱃길, 낙동강 종주 코스, 제주도의 올레길 등이 자전거 여행객에게 인기 있는 코스다. 이러한 시설은 자전거 이용자의 안전을 고려해 분리된 도로를 제공하며, 곳곳에 쉼터와 정비소도 마련되어 있다.

앞으로도 한국의 사이클 문화는 건강, 환경, 레저 활동의 중요성이 강조되면서 지속적으로 발전할 것으로 보인다. 특히 정부와 지자체의 적극적인 자전거 정책, 자전거 도로 네트워크의 확대, 공유 자전거 시스템의 개선 등이 사이클 문화에 큰 영향을 미칠 것이다. 이처럼 자전거는 단순한 이동 수단을 넘어, 건강한 라이프 스타일과 환경친화적인 교통수단, 그리고 새로운 사회적 문화를 만들어 가는 중요한 도구로 자리 잡았다.

집에는 큰아이가 타던 사이클용 자전거와 아내가 장보기용으로 사용하는 자전거가 있다. 그럼에도 사이클용 자전거 대신 따릉이만 이용하면서 사이클링에는 합류하지 않고 있다. 은퇴 후에도 사이클링을 취미로 하고 싶은 생각은 별로 없고, 지금의 따릉이 출근만이라도 제대로 즐기고 싶다.

출근길 따릉이 평균 속도는 15km/h 정도로, 전동 자전거나 일반 사이클의 평균 속도보다 많이 떨어지기 때문에 사이클 복장을 제대로 갖춰 입은 남녀 사이클러 그룹이 '지나갑니다'라고 외치면서 휙 앞질러 가는 모습들에 비하면 많이 소박해 보이지만, 오히려 느려서 안전하고, 주변의 경치를 적당히 즐길 수 있어 더욱 애착이 간다.

귀로는 영어 듣기 연습을 하면서, 눈으로는 탁 트인 한강의 도도한 물길과 계절별로 색깔이 바뀌는 한강 변의 잘 가꿔진 녹지 공간, 탄천 길의 억새풀과 훤칠한 버드나무 숲길 등의 경치를 즐기고, 다리로는 운동을 하고, 중간에 한강 공원에서 체조와 모닝커피까지 즐기는 따릉이 출근길은 제2의 직장 생활 중 그야말로 1석 5조인 루틴이 되었다.

한강 변 따릉이와 자전거 길 풍경

5

여행(旅行)

    서울 연남동의 어느 커피숍 전면 유리창에는 '커피와 여행은 중독이다'라는 문구가 적혀 있고, 내부에는 세계 지도와 다양한 여행 사진이 걸려있다. 그곳에서 여행을 좋아하는 누군가와 여행에 대해 이야기를 나누는 상상만으로도 마음이 설렌다.

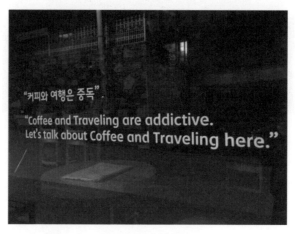

연남동 카페 유리 문구

처음으로 해외를 경험한 건 1982년 8월이었다. 출국하기 위해서 한국 반공 연맹에서 소양 교육을 받고, 군 미필 상태라 병무청에도 신고도 해야 했다. 출국 자체가 쉽지 않던 시절이었다.

해외여행 자유화가 시작되던 해인 1989년에 신혼여행으로 대만을 다녀왔다. 당시 대만은 '자유 중국'이라 불리며 우리 국민에게 가장 가까운 해외 여행지로 인기가 많았지만 효도 관광이 대부분이라서 함께했던 여행 일행 중에 신혼부부는 우리 부부밖에 없을 정도였다.

1989년 10월 대만 타이베이 원산 대반점

본격적인 해외 생활은 1993년 11월 말레이시아 쿠알라룸푸르에서 시작되었다. 삼성물산에 입사해 약 30년간 근무하면서 그중 20년 이상을 해외 건설 현장에서 단신 부임으로 보냈다. 익숙한 영어 실력을

교차로에 선 삶의 무대

바탕으로 업무를 수행하며 3~4개월에 한 번씩 주어지는 정기 휴가를 이용해 여러 나라를 여행했다. 그렇게 여행은 삶의 가장 큰 즐거움이자 취미가 되었다.

자연스레 여행은 일상의 루틴 중의 하나가 되었고, 삶의 일부가 되었다. 50대에 접어들며 아이들이 성장하고 경제적, 시간적 여유가 생기면서 좀 더 체계적이고 본격적으로 여행을 다니기 시작했다. 또한 여행을 다니면서 각 나라의 열쇠고리, 마그네틱, 종, 미니어처 술병과 같은 기념품들을 수집하는 것도 부수적인 취미로 자리 잡게 되었다.

해외여행 기념 열쇠고리와 마그네틱

여행을 떠나기 전 새로운 여행지에 대해 준비하고, 다녀온 후에는 사진과 경험을 정리하며 기록을 남겼다. 이런 기록들은 단순한 추억으로 머물지 않기 위해서 2023년과 2024년, 그간의 여행 이야기를 모아 두 권의 여행 에세이를 출간했다. 그렇게 여행은 또 다른 의미를 가지게 되었고, 많은 이들과 경험과 감동을 나눌 수 있었다.

세계여행 에세이

특별한 여행으로는 40년 지기 고교 동창 부부 모임에서 수학여행처럼 떠나는 단체 여행을 그동안 약 5년에 한 번씩 다녀왔다. 이제는 대부분 친구들이 은퇴했거나, 은퇴를 앞두고 있기 때문에 앞으로는 2년에 한 번씩 여행을 떠나기로 결정하고 매월 회비를 올려서 자동 이체로 납부하고 있다. 이 모임은 2012년에 인도 북부로 여행을 다녀왔고, 2017년에는 미국 서부, 2024년에는 폴란드와 발트 3국을 여행지로 선택해 다녀왔다. 세 번의 해외여행을 통해 오랜 세월을 함께해 온 우정

교차로에 선 삶의 무대

을 더욱 깊이 쌓아 가며, 매번 새로운 경험과 추억을 만들었다. 해외여행을 떠날 때마다 함께 여행할 계획을 세우고 의견을 수렴하는 과정도 재미있고, 고교 동창 부부가 함께하는 여행이라서 더욱 의미가 있다.

2024년 8월 고교 동창 부부 모임 발트 3국 여행

지금까지 65개국을 여행했다. 굳이 모나코나 바티칸 시티 같은 작은 나라까지 합하면 67개국이다. 여행 자체도 즐거웠지만 여행을 준비하는 과정 역시 설렘의 연속이었다. 한 나라의 역사와 문화를 탐구하고, 그곳 사람들의 삶을 미리 상상하며 떠나는 여행은 단순한 관광을 넘어 새로운 시각과 배움을 선사했다. 물론 모든 여행이 순탄했던 건 아니다. 때로는 낯선 환경에서의 어려움도 있었지만, 그런 순간마다 자신을 돌아보고 성찰하며 한 단계 성장할 수 있는 기회가 되어 주었다.

2023년 8월 튀르키예 카파도키아

돌이켜 보면, 우리 국민이 여권을 받아 자유롭게 여행을 떠날 수 있게 된 건 1989년부터였다. 그 이전에는 해외여행 자체가 일반인에게 거의 불가능에 가까웠다. 관광 여권은 50세 이상에게만 발급되었고, 그것도 단수 여권에 한정되었으며, 한국 반공 연맹이나 관광 공사에서 소양 교육을 받아야 했다. 그러한 제도가 사라지고 자유롭게 여행할 수 있게 된 건 1990년대 초였다. 이후 해외여행 인구는 빠르게 늘어나 1989년 121만 명에서 2018년에는 2,800만 명을 넘어섰다. 지금은 코비드가 끝난 이후 연간 3천만 명 이상이 해외를 다녀올 정도로 여행이 일상이 되었다.

교차로에 선 삶의 무대

2023년 10월 조지아 카즈베기산

처음에는 효도 관광이나 신혼여행이 주를 이루었지만, 시간이 지나며 대학생들의 배낭여행, 중장년층의 해외 골프 여행, 그리고 스마트폰과 구글 지도 덕분에 자유여행을 즐기는 인구가 폭발적으로 늘어났다. 최근에는 소셜 미디어를 활용해 자신의 여행을 기록하고 공유하는 문화도 정착되었다. 단순한 패키지여행을 넘어 한 달 살기와 같은 장기 여행도 점차 새로운 트렌드로 자리 잡고 있다.

여행은 단순한 이동이 아니다. 새로운 사람들과 환경, 문화와의 만남을 통해 나 자신을 발견하고 성장할 기회를 제공한다.

때로는 혼자, 때로는 가족과, 혹은 패키지 그룹과 함께 여행을 다녔다. 혼자 떠난 여행은 깊은 성찰의 시간이 되었고, 함께한 여행은 나눔과 공감을 배우는 기회였다. 여행은 삶 속에서 가장 특별한 경험이었고, 앞으로도 끝없는 영감을 줄 것이다.

24년 8월 리투아니아 샤울레이 언덕

아직은 현역으로 근무하는 중이라 여행의 장소와 기간을 정하는 데 많은 제약이 있다. 주어진 휴가 기간에 맞춰 일정을 짜야 하고, 업무와 병행해야 해서 마음껏 떠나기엔 한계가 있다. 하지만 이 또한 여행의 설렘을 더하는 요소이기도 하다. 제한된 시간 속에서 가능한 최고의 계획을 세우고, 효율적으로 여행을 즐기려는 노력이야말로 여행을 더욱 값지게 만든다.

그러나 언젠가 온전히 은퇴하게 된다면, 이제껏 이루지 못했던 남은 여행 버킷 리스트를 하나씩 실현해 나가고 싶다. 국내 곳곳의 숨겨진 아름다움을 찾아내고, 더 나아가 해외의 다양한 문화와 자연을 섭렵하

교차로에 선 삶의 무대

며 인생 후반부의 진정한 여행을 시작하려 한다. 긴 여정을 떠날 수 있
는 여유로운 시간과 마음가짐이 주어진다면, 더 이상 업무나 시간의
제약 없이 자유롭게 새로운 곳을 탐험할 수 있을 것이다. 그렇게 떠난
여행은 단순한 즐거움을 넘어, 자신과의 대화이자 새로운 세상과의 만
남이 될 것이다.

전 세계 100개국 이상을 여행한 사람들을 위한 글로벌 커뮤니티로,
트래블러스 센추리 클럽(Travelers' Century Club, TCC)이 있다. 이 클
럽은 단순히 방문한 국가의 수를 자랑하는 것이 아니라, 여행을 통해
얻은 문화적 체험과 깊이 있는 교류를 중요하게 여긴다. 회원들은 다
양한 모임과 이벤트를 통해 여행 경험을 나누고, 새로운 목적지에 대
한 정보를 공유하며 영감을 얻는다.

TCC의 공식 웹사이트(https://travelerscenturyclub.org)에서는 클럽
이 인정하는 330개 지역의 목록과 회원들의 여행 이야기를 확인할 수
있다. 이 목록은 UN 회원국을 넘어 독특한 문화나 지리적 가치를 지닌
지역들을 포함하며, 여행자들에게 더 넓은 세계를 탐험하도록 격려한
다.

트래블러스 센추리 클럽은 단순한 여행이 아닌, 새로운 시각과 교훈
을 얻는 과정을 기념하는 커뮤니티다. 언젠가 이 클럽에 가입해 전 세
계를 탐험한 경험을 나누고, 같은 꿈을 가진 사람들과 연결될 날을 기
대해 본다.

여행은 단순히 먼 곳으로 떠나는 행위가 아니다. 그것은 내 삶을 돌아보고, 앞으로 나아갈 길을 다지는 과정이다. 은퇴 후의 여행이야말로 인생이라는 긴 여정의 마지막을 더욱 빛나게 해 줄 중요한 여정이 될 것이다. 그날이 오기까지 꾸준히 꿈꾸고 준비하며, 여행이라는 인생의 커다란 즐거움을 더욱 풍성히 만들어 갈 것이다.

#6

사진(寫眞)

필름 카메라로 찍은 사진들은 앨범에 보관 중이지만, 필름이 불필요한 디지털카메라를 사용하기 시작한 후부터는 대부분 사진을 연도별로 정리해서 컴퓨터 하드와 외장 하드 여러 개에 중복해서 보관하고 있다. 특히 해외여행을 다녀온 경우 여행지별로 분류해서 폴더 관리를 하고, 해외 현장의 경우 현장 사진들을 현장별로 나누어 역시 컴퓨터와 외장 하드에 보관하고 있다.

옛날에는 가족의 소중한 순간을 흑백 사진으로 남기곤 했다. 특히 돌잔치, 졸업식, 회갑, 소풍 같은 중요한 날뿐만 아니라, 일상의 한순간을 기념하기 위해 찍은 사진들도 많았다. 그 사진들은 액자나 앨범에 소중히 보관되어 시간이 지나도 가족의 추억을 떠올리게 하는 매개체가 되었다.

네 살 때, 청주 중앙공원의 은행나무 앞에서 찍은 한 장의 사진은 늘 어머님에 대한 감사의 마음이 우러나게 하는 사진이다. 사진 속 옷매무새에서 털모자, 장갑, 털 신발, 그리고 외투까지 어머니의 따뜻한 사랑의 손길이 절로 느껴진다. 청주 중앙공원 은행나무 앞 정원에는 늘 고정으로 사진을 찍어주는 사진사 아저씨가 지키고 있었다. 이 사진 외에도 어머니와 함께 찍은 몇 장의 사진이 더 있다. 이처럼 어머니께서는 기념사진을 찍기 위해 청주 시내까지 나와서 기념사진을 찍어 주셨다. 그 시절엔 사진 한 장이 지금처럼 흔치 않았기에, 가족 모두에게 특별한 의미를 담고 있었다. 사진사 아저씨가 네 살 때 찍은 사진을 대표 사진 중 하나로 선택하여 오랫동안 공원에 전시해 두었다는 어머니의 말씀이 기억난다.

청주 중앙공원 어린 시절 기념사진

교차로에 선 삶의 무대

1970년대 중고교 시절에는 소풍이
나 행군을 가게 되면 카메라 대여점
에서 일제 '올림푸스 필름 카메라'를
빌려서 사진을 찍었다. 당시 올림푸
스의 필름 카메라는 셔터 속도와 초
점 조절을 수동으로 설정해야 하는

일제 올림푸스 카메라

기존의 기계식 카메라와는 달리, 조작이 단순화되어 누구나 손쉽게 일
상적인 장면을 촬영할 수 있었다. 사용자는 단지 필름을 넣고 카메라
를 들이대어 셔터를 누르기만 하면 적절한 노출의 사진을 얻을 수 있
었다. 또한 올림푸스 필름 카메라는 크기가 작고 가벼워 휴대가 용이
했으며, 견고한 디자인과 직관적인 조작감으로 학생들과 가정에서 널
리 사용되었다. 올림푸스 필름 카메라는 1970~1980년대 한국에서 사
진 문화를 대중화시키는 데 중요한 역할을 했다.

대학교에 입학하면서 어머니께서
캐논 AE1 전자식 SLR카메라를 입학
선물로 사주셨고, 건축을 전공하면
서 기계식 니콘 FM2 카메라를 구입
해서 건축물 답사 등에 사용하였다.
삼성물산에 입사 후 얼마 되지 않아

니콘 FM2 기계식 카메라

삼성 케녹스 카메라를 임직원 선물로 받았다.

필름 없이 사용하는 디지털 카메라는 2003년 대만 타이베이 현장에

근무하면서 '니콘 쿨픽스'를 구입해
서 처음으로 사용하기 시작했고, 이
탈리아 여행에서 처음으로 필름 없
이 여행 사진을 촬영하기 시작했다.
이어서 부피가 작아진 삼성 디지털
카메라를 사용하면서 해외여행 때

니콘 D90 DSLR 카메라

이 디지털 카메라와 니콘 D90 DSLR 카메라를 동시에 들고 다녔다.

그러다가 스마트폰이 나온 뒤로는 똑딱이 디지털카메라와 DSLR 카
메라를 모두 치워 버리고, 스마트폰만을 갖고 다니기 시작하였다. 스
마트폰 카메라도 처음에는 몇백만 화소이던 것이 지금 사용 중인 삼성
S24 울트라폰의 경우 2억 화소에 이르게 되었다.

한국에서 카메라는 시대의 흐름에 따라 큰 변화를 겪어왔다. 1980~
1990년대에는 필름 카메라가 대중적인 사진 촬영 도구로 자리 잡았
다. 당시 일본 브랜드인 캐논, 니콘, 올림푸스 등의 기계식 카메라가
많은 사랑을 받았고, 학생이나 취미 사진가들은 필름 카메라를 대여하
거나 구입해 사용했다. 필름을 사용한 카메라는 수동 조작이 기본이었
으며, 필름 교체와 현상이 필요해 촬영 후 결과를 확인하려면 시간이
걸렸다.

이러한 필름 카메라 시대를 지나 1990년대 후반과 2000년대 초반에
는 디지털 기술이 발전하면서 DSLR(디지털 싱글 렌즈 리플렉스) 카메
라가 등장했다. DSLR 카메라는 높은 화질과 다양한 렌즈 교체가 가능

교차로에 선 삶의 무대

하다는 점에서 전문적인 촬영뿐만 아니라 일반 사용자들에게도 인기를 끌었다. 니콘 D90과 같은 모델은 아마추어와 전문가 모두에게 사랑받았으며, 이 시기에는 여전히 필름 카메라와 디지털 카메라가 공존하는 과도기적 성격을 띠었다.

2000년대 초반부터는 필름 없는 디지털카메라가 점차 대중화되었다. 니콘 쿨픽스, 삼성 케녹스와 같은 작고 가벼운 디지털카메라는 여행이나 일상 사진 촬영에 널리 사용되었으며, 몇백만 화소에서 시작해 점차 고화질을 제공하기 시작했다. 컴팩트 디지털카메라는 사용이 간편하고 휴대성이 좋아 많은 사람들이 해외여행이나 가족 행사를 촬영하는 데 애용했다.

하지만 2010년대 초반부터 스마트폰이 등장하면서 카메라 시장은 급격히 변화했다. 초기 스마트폰 카메라는 화소수가 적고 DSLR이나 컴팩트 디지털카메라에 비해 성능이 떨어졌지만, 기술 발전과 함께 빠르게 개선되었다. 삼성 갤

S24 삼성 스마트폰

럭시 S24 울트라와 같은 최신 스마트폰은 최대 2억 화소의 카메라를 제공하며, 줌 기능, AI 보정 기술, RAW 촬영 등 DSLR에 준하는 기능을 제공한다.

스마트폰 카메라의 가장 큰 장점은 항상 휴대하고 다닐 수 있다는 점이며, 필름이나 추가 장비 없이도 고화질 사진과 동영상 촬영이 가

능하다는 것이다. 현재 스마트폰 카메라는 일반 소비자 시장을 완전히
장악했으며, DSLR과 미러리스 카메라는 전문 사진가와 영상 제작자들
에게 주로 사용되고 있다.

요즈음은 사진을 찍고 공유하는 방식이 과거와는 완전히 달라졌다.
스마트폰의 보급으로 인해 사진 촬영은 누구에게나 일상이 되었고, 클
릭 한 번으로 촬영에서 공유까지 모든 과정을 손쉽게 처리할 수 있다.
특별한 장비나 장소가 필요했던 과거와는 달리, 이제는 언제 어디서나
스마트폰 하나로 고화질의 사진과 동영상을 찍을 수 있다. 이로 인해
사진은 더 이상 특별한 순간을 기록하는 것에 국한되지 않고, 일상의
작은 순간까지도 남기고 공유하는 매체로 자리 잡았다.

스마트폰으로 찍은 사진들은 대부분 곧바로 카카오톡과 같은 메신
저를 통해 지인들과 공유된다. 가족에게 소식을 전하거나 친구와 추억

2014년 11월 아프리카 짐바브웨 빅토리아 폭포

교차로에 선 삶의 무대

을 나누는 일이 즉각적으로 이루어진다. 과거처럼 사진을 인화하거나 우편으로 보내는 수고는 이제 잊힌 일이 되었고, 대신 디지털 파일로 실시간 공유가 가능해졌다. 이렇게 손쉽게 이루어지는 사진 공유는 사람들 간의 소통을 더욱 빠르고 빈번하게 만들어 주었다.

또한, 인스타그램, 페이스북과 같은 SNS 플랫폼은 사진 공유의 주요 공간으로 자리 잡았다. 개인의 일상을 기록하고, 감정을 표현하며, 다른 사람들과의 연결을 도모하는 중요한 역할을 한다. 특히 인스타그램은 사진 중심의 플랫폼으로, 한 장의 사진에 자신만의 감성과 이야기를 담아 공유할 수 있다. '좋아요'와 댓글을 통해 피드백을 즉각적으로 받을 수 있다는 점은 사진 공유의 즐거움을 배가시킨다. 이러한 SNS 문

페이스북

화는 단순히 사진을 기록하는 것을 넘어, 자신을 표현하고, 타인과 소통하며, 동시에 누군가의 일상을 들여다볼 수 있는 창구로 기능한다.

하지만 이러한 변화에는 긍정적인 면만 있는 것은 아니다. 사진이 실시간으로 빠르게 공유될 수 있다는 점은 때로는 프라이버시 문제를 불러오기도 한다.

공유되는 사진이 본인의 의사와 상관없이 퍼지거나, 실수로 부적절한 사진이 올라가는 경우도 생긴다. 또한, SNS에 사진을 공유하며 '좋

2019년 11월 브라질 리우데자네이루의 예수상

아요'나 댓글 수에 지나치게 연연하는 사람들이 늘어나면서, 사진이 단순한 기록의 의미를 넘어 자신을 과시하거나 타인의 관심을 끌기 위한 도구로 사용되는 경우도 많다.

카카오톡의 대문 사진, 즉 프로필 사진은 요즈음의 디지털 소통에서 자신을 표현하는 중요한 창구 중 하나다.

과거에는 사람을 직접 만나 대화를 나누며 서로를 알게 되었지만, 이제는 프로필 사진만으로도 상대방의 성격, 관심사, 감정 상태 등을 엿볼 수 있다. 대문 사진은 단순히 자신의 얼굴을 보여주는 것을 넘어, 자신의 정체성을 표현하고 타인에게 메시지를 전달하는 강력한 수단으로 자리 잡았다.

교차로에 선 삶의 무대

사람들은 자신의 대문 사진에 다양한 의미를 담는다. 예를 들어, 특별한 날이나 기념일에는 가족사진이나 연인과의 사진을 올려 자신의 행복과 사랑을 드러내기도 하고, 여행 중 찍은 사진을 올려 자신의 일상을 간접적으로 공유하기도 한다. 계절감에 맞게 사진을 교체하거나, 최근 찍은 사진을 올리는 사람도 많다. 이러한 사진들은 말없이도 상대방에게 자신이 어떤 삶을 살고 있는지 보여줄 수 있는 강력한 비언어적 의사소통의 도구다. 이런 점에서 카톡의 대문 사진은 단순한 장식이 아니라, 자신을 드러내고 소통하는 또 다른 방식으로 활용되고 있다.

2023년 8월 튀르키예 파묵칼레

물론, 대문 사진을 신중하게 관리하는 사람도 많다. 누군가는 친근하고 밝은 인상을 주기 위해 사진을 선정하고, 또 누군가는 너무 사적인 모습을 보이지 않으려 풍경 사진이나 추상적인 이미지를 선택하기도 한다.

스마트폰과 SNS의 발달로 사진 공유는 현대인의 삶에서 중요한 문화로 자리 잡았다. 사진 한 장이 단순한 기록을 넘어, 사람들과 소통하고 관계를 이어 주는 중요한 매개체로 작용하고 있는 것이다. 이러한 문화는 기술의 발달과 함께 앞으로도 더 다채롭게 변화할 가능성이 크며, 사람들의 소통 방식과 삶의 패턴에 지속적으로 영향을 미칠 것이다.

교차로에 선 삶의 무대

#7

케미

얼마 전 생애 처음으로 헬스장에서 개인 트레이닝(PT)을 시작했다. 운동을 체계적으로 배우고 싶다는 생각과 그동안 해오던 유산소 운동에 비해 근력 운동이 부족하다는 것을 느꼈고, 전문가의 도움을 받아 제대로 배워 보고자 결심하게 되었다. PT는 말 그대로 개인 교습이다 보니 트레이너와의 케미가 매우 중요했다. 트레이너가 아무리 뛰어난 실력을 가졌다 하더라도 서로 잘 맞는다는 느낌이 없으면 지속적으로 배우기 어려울 것 같아서 첫 만남에서부터 이 부분에 대해 민감하게 고려했다.

처음 배정받은 트레이너는 분명 실력 있는 사람이었지만, 어딘가 잘 맞지 않는다는 느낌이 들었다. 수업은 체계적이었지만 대화 속에서 느껴지는 미묘한 거리감이나, 불편하게 느끼는 부분을 충분히 캐치하지 못하는 모습들이 고민하게 만들었다. 결국, 첫 번째 수업 후에 바로 결심을 했다. PT 팀장에게 조심스럽게 이야기를 꺼내어 새로운 트레이너와 수업을 진행하고 싶다고 요청했다. 다소 민망하고 신경 쓰이는 상황이었지만, 장기적으로 봤을 때 맞는 다른 트레이너를 찾는 것이 중요하다고 판단했다.

새로운 트레이너와의 첫 수업은 놀라울 정도로 편안했다. 이전의 경험과 비교했을 때, 운동 스타일이나 목표를 더욱 세심하게 이해해 주는 느낌을 받았다. 서로의 대화 속에서 자연스럽게 형성된 신뢰와 공감은 운동의 효과를 배가시키는 데 중요한 요소가 되었다. 누군가와의 관계에서 드러나는 케미는 단순한 감정이나 호불호를 넘어, 생활과 경험 전반에 걸쳐 큰 영향을 미치는 요인이라고 생각한다.

문정동 회사 근처 헬스 PT

귀국 후 곧바로 다니기 시작한 탁구장에서의 경험도 이런 케미와 관련이 있다. 현재 3년째 다니고 있는 둔촌 탁구장은 집과의 거리도 멀

교차로에 선 삶의 무대

고 대중교통을 이용해야 하는 번거로움이 있지만, 관장님과 코치들의 뛰어난 리더십과 따뜻한 분위기가 모든 불편함을 상쇄시켰다. 이곳에서는 단순히 기술을 배우는 것을 넘어, 탁구라는 운동을 매개로 사람들과 어울리고 소통하며 성장하는 기쁨을 느낄 수 있었다. 특히 관장님의 지도 스타일은 케미가 잘 맞아, 탁구 기술뿐 아니라 운동에 대한 전반적인 동기와 열정을 유지하게 만드는 데 큰 역할을 했다. 관장님은 개인의 성향과 수준에 따라 세심하게 접근하며, 필요한 부분을 꼼꼼히 짚어주는 동시에 자율성을 존중해 주는 방식으로 지도한다. 이런 균형 잡힌 접근은 수업에서 얻는 만족도를 크게 높여 주었다.

둔촌 탁구장

탁구장에서의 사람들과의 관계, 그리고 탁구라는 운동을 함께 즐기는 시간은 단순히 기술을 연마하는 것을 넘어, 일상에서의 스트레스를 해소하고 삶의 활력을 더하는 소중한 경험으로 자리 잡았다. 헬스장에서의 개인 트레이닝이나 탁구장에서의 지도 모두, 결국 '사람'이 중심에 있다.

　살면서 우리는 다양한 사람들과 관계를 맺게 된다. 그중에는 처음부터 이상할 만큼 잘 맞는 사람이 있는가 하면, 아무리 노력해도 불편하고 어색한 관계로 남는 사람도 있다. 이러한 관계의 미묘한 차이는 왜 생기는 걸까? 케미라는 단어는 본래 화학에서 유래된 것으로 알고 있다. 두 물질이 결합했을 때 폭발적인 반응을 일으키는지, 아니면 아무런 변화 없이 그대로 남는지를 표현하는 데 사용된다. 인간관계에서도 마찬가지로 두 사람의 성격, 가치관, 말투, 심지어는 웃는 방식까지도 서로의 반응에 영향을 미친다. 헬스장이나 탁구장에서 느꼈던 트레이너나 관장님과의 관계에서 단순히 운동 지도를 받는 것을 넘어, 의도와 목표를 얼마나 진심으로 이해하고 공감하는지가 관계를 결정짓는 핵심 요소였다.

　우리는 종종 다른 사람과의 케미가 맞지 않을 때, 그것을 자신의 문제로 치부하거나 반대로 상대방의 탓으로 돌리곤 한다. 하지만 사실 케미란 단순히 한쪽의 잘못이나 부족함이 아닌, 양쪽의 특성과 맥락이 만나서 이루어지는 복합적인 결과물이다. 헬스장에서의 경험처럼, 누군가와 잘 맞지 않는다면 그것을 억지로 이어 가기보다는 솔직하게 인정하고 다른 선택지를 찾아보는 용기도 필요하다. 이는 단순히 헬스장이나 직장 같은 특정 상황에서만 적용되는 것이 아니라, 우리의 삶 전반에 걸쳐 중요한 원칙이라고 생각한다.

케미, 코드, 궁합 등으로 표현되는 이러한 관계의 중요성은 앞으로도 사람을 대하는 데 있어 큰 기준이 될 것이다.

해외 생활에서도 케미는 단순히 유쾌함을 넘어서 삶의 질에 큰 영향을 미치는 요소로 작용했다. 해외에 거주하는 한인 가족들에게 있어서 마음에 드는 현지인들과의 케미도 중요하다고 말하는 이유도 여기에 있다. 이들과의 관계가 원만하고 지속적이려면 단순히 업무 능력뿐 아니라 서로의 성향과 생활 방식이 조화를 이뤄야 한다.

방글라데시 다카 현장 소장 전용 아파트 거실

인도 뭄바이에서 근무할 당시, 가족과 함께 나온 직원들의 이야기를 들어 보면 메이드 때문에 부인들이 많은 스트레스를 받고 있다는 이야기가 자주 나왔다. 메이드가 집안일을 제대로 해내지 못하거나, 잦은 결근과 느릿느릿한 작업 태도로 일을 질질 끌면서 집안 분위기가 어수선해졌다는 불만이 많았다. 어떤 경우에는 메이드가 거짓말을 하며 책임을 회피하려 했고, 또 다른 경우에는 여주인의 허락 없이 물건을 슬쩍 가져가는 일도 발생해 신뢰가 깨지기도 했다.

직원들의 부인들은 메이드와의 관계에서 발생하는 이러한 문제들로 인해 끊임없이 새로운 메이드를 찾으려고 노력했고, 주변 지인들의 추천을 받거나 여러 면담을 통해 마음에 드는 메이드를 구하려고 애썼지만, 그 과정에서 많은 시간과 에너지를 소모해야 했다.

특히, 메이드의 느긋하고 비효율적인 작업 방식은 인도 사회의 독특한 문화적 특성과도 연관이 있었지만, 한국에서 온 가족들에게는 익숙하지 않은 부분이라 더 큰 갈등으로 이어졌다. 게으름과 무책임하고 솔직하지도 못한 태도는 단순히 일을 지연시키는 데 그치지 않았고, 여주인이 다시 일을 바로잡아야 하는 부담으로까지 번지며 일상이 반복적으로 방해를 받았다.

한 직원의 부인은 집에서 귀중품이 종종 사라지는 일이 발생했는데, 나중에 알고 보니 메이드가 몰래 가져간 것이 밝혀지며 큰 충격을 받았다고 토로했다. 이러한 분실 사고는 메이드와 고용주 간의 신뢰를 더욱 악화시키며, 가족 전체의 안전과 심리적 안정까지도 흔들리게 했다.

교차로에 선 삶의 무대

이러한 상황들은 메이드와 고용주의 관계에서도 '케미'의 중요성이 얼마나 큰지를 잘 보여 주었다. 단순히 일을 맡기고 지시를 내리는 관계가 아니라, 서로의 기대와 기준을 이해하며 긴밀하게 협력할 수 있어야만 안정적이고 신뢰할 수 있는 관계가 형성될 수 있었다.

방글라데시 다카 현장 소장 아파트 메이드

이러한 경험은 단순히 가정 내의 관계를 넘어서, 현장에서 운전수와의 협력이나 업무 동료와의 관계에서도 케미가 중요한 이유로 등장한다. 서로 다른 환경과 배경 속에서 함께 일하거나 생활할 때, 케미는 단순한 효율성을 넘어 신뢰와 안정감을 보장하는 필수적인 요소이다.

사우디아라비아 리야드에서 함께했던 인도인 운전수 Mr. 라우프는 과묵하면서도 입이 무거워, 현장에서 발생하는 크고 작은 일들을 절대

밖으로 흘리지 않는 신뢰감 있는 스타일이었다. 그는 지시를 내리기도 전에 상황을 침착하게 분석하고, 필요할 때는 단 몇 마디로도 필요한 정보를 정확히 전달하며 진정으로 현장 소장을 잘 보필하는 모습을 보여주었다. 그의 차분하고 신뢰감 있는 태도는 리야드의 복잡하고 예측하기 어려운 환경에서 큰 힘이 되었다.

인도 뭄바이 2개 현장에서 함께했던 Mr. 디팍은 전혀 다른 매력을 가진 운전수였다. 그는 눈치가 매우 빨라 소장의 의도를 미리 간파하고, 지시를 내리기 전부터 필요한 준비를 끝내는 경우가 많았다. 예를 들어, 회의가 늦게 끝날 것을 예상하고 미리 회의 장소 근처에서 대기하거나, 말로 표현하지 않아도 필요로 하는 경로를 이미 파악하고 있었다. 그의 빠른 상황 판단력 덕분에 현장에서의 긴장감이 줄어들었고, 보다 편안하게 업무를 진행할 수 있었다.

방글라데시 다카의 Mr. 라졸은 또 다른 방식으로 도와주었다. 그는 비교적 알아서 척척 일을 해내는 스타일로, 세부적인 지시가 부족해도 요구를 파악하며 적극적으로 움직였다. 특히, 그는 지역의 복잡한 도로 사정을 완벽히 꿰뚫고 있어, 항상 최적의 경로를 선택해 이동을 빠르고 효율적으로 도왔다. 그의 자율성과 실행력 덕분에 현장의 변동성 있는 상황에서도 안정감을 느낄 수 있었다.

이처럼 라우프, 디팍, 라졸 각각의 개성과 스타일은 모두 다르지만, 공통적으로 현장 소장을 이해하고 소장의 필요를 충족시키는 데에 최선을 다했다.

교차로에 선 삶의 무대

과묵하지만 신뢰를 주는 라우프, 눈치 빠르고 준비성이 철저한 디팍, 알아서 척척 처리하는 라졸의 협력 덕분에 각 현장에서 업무에 더욱 집중할 수 있었으며, 이들 개개인의 성향은 현장 생활에서 큰 도움이 되었다. 그들과의 케미는 단순히 업무 효율성을 높이는 것을 넘어, 개인의 생활을 긍정적으로 만드는 데에도 큰 영향을 주었다.

인도 뭄바이 다이섹 현장 소장 차량 운전수 Mr. 디팍

　　케미는 단순히 감정적인 면에서 그치는 것이 아니다. 골프장을 예로 들자면, 캐디와의 몇 시간 동안의 짧은 만남조차 케미가 맞으면 즐겁고 행복한 라운드가 될 수 있다. 반대로, 아무리 실력이 좋은 캐디라도 서로 간의 소통이나 성격이 맞지 않으면 그날의 골프는 긴장의 연속이 될 가능성이 크다. 이러한 케미는 노력으로 맞춰지는 부분도 있지만, 많은 경우 직감적으로 느껴지는 부분이 크다. 상대방의 태도나 말투, 행동이 본인에게 불편함을 줄 경우에는 케미가 맞지 않는다는 신호일 수 있다.

　　큰아이와 며느리와 함께 무주 리조트 CC에서의 라운딩에서 보여준

캐디의 도움은 여태껏 보았던 캐디들 중 가장 케미가 맞는 경우였다. 며느리가 매 홀 칠 때마다 코스를 친절하게 안내해 주면서 느긋하게 라운딩을 리드해 가는 모습이 감동에 가까웠다.

무주 리조트 CC 캐디

해외 생활에서 케미가 중요한 또 다른 예는 일상적인 서비스 환경에서 찾을 수 있다. 많은 이들이 새로운 환경에 적응하기 위해 가장 먼저 방문하는 곳이 이발소와 세탁소다. 이처럼 일상생활에서 자주 방문하는 곳에서 케미가 맞는 사람들을 만나는 것은 의외로 큰 차이를 만든다. 예를 들어, 이발소의 미용사가 스타일을 이해하고 친근한 태도로 응대한다면 매번 방문이 즐거운 경험이 된다. 반면, 기술적으로 훌륭하더라도 대화가 어색하거나 불편하다면 다른 곳을 찾고 싶은 마음이

들게 마련이다. 이와 같은 이유로, 단순히 집에서 가까운 곳을 선택하기보다는 케미가 맞는 곳을 찾는 것이 더 중요하다. 때로는 가까운 곳에 이상적인 선택지가 없을 수도 있지만, 멀리 있더라도 나와 잘 맞는 곳을 찾게 되는 이유가 바로 이 때문이다.

해외 생활에서의 케미는 단순히 사람과의 관계에서만 나타나는 것이 아니다. 환경과의 케미, 즉 지역 사회와의 조화도 중요하다. 예를 들어, 거주 지역이 자신의 라이프 스타일과 맞지 않을 경우 아무리 환경이 뛰어나더라도 만족감을 느끼기 어렵다. 도심의 번잡함을 좋아하는 사람에게 외곽 지역은 고립감으로 다가올 수 있고, 반대로 조용한 삶을 추구하는 사람에게 도심은 스트레스의 원인이 될 수 있다. 따라서 단순히 물리적인 조건이 아니라, 자신의 성향과 조화를 이루는 환경을 선택하는 것이 중요하다.

결국 케미란 단순히 상대방이나 외부 환경이 나에게 맞추는 것이 아니라, 나 자신이 무엇을 중요하게 생각하고 어떤 요소에서 편안함을 느끼는지를 먼저 이해하는 데서 출발한다. 이를 바탕으로 자연스럽게 나와 잘 맞는 사람이나 환경을 선택하게 된다. 케미가 맞는 관계는 단순히 편리함을 넘어서 서로에게 긍정적인 영향을 미치고, 삶을 더 풍요롭고 행복하게 만들어 준다. 이렇게 본다면, 케미를 찾는 과정은 단순히 외부와의 조화를 이루는 것이 아니라 나 자신을 이해하는 과정이라고도 볼 수 있다. 해외 생활에서든 일상적인 삶에서든, 케미는 우리가 추구해야 할 중요한 삶의 요소 중 하나이다.

#8

서점(書店)

해외에서 오랫동안 가족과 떨어져 근무하면서 늘 벗이 되어 주던 게 읽을거리 책이 었었다. 달콤한 가족과 재회의 휴가를 뒤로하고 다시 근무지로 향하는 비행기에 오르기

박경리 대하소설 '토지' & 최명희 대하소설 '혼불'

전에 찾는 공항 서점은 다음 휴가 때까지 읽을 책들을 고르면서 일상 업무로 복귀하는 무거운 마음을 달래 주는 위안의 시간과 장소가 되어 주었다. 정기 휴가 때마다 몇 권의 책을 사 오고, 그것도 부족하면 휴가 복귀하는 직원들에게 부탁해서 책을 공수해 읽었다. '혼불'이나 '토지', '태백산맥' 등과 같은 여러 권으로 된 대하소설도 많이 읽었다.

도매 서점 딸과 결혼하면서 서점에 대한 감회는 남다르다. 커 가는 아이들에게 외갓집 서고는 좋아하는 책들을 마음대로 꺼내 볼 수 있는 꿈의 공간이면서 보물 창고였다. 아이들은 집으로 돌아갈 때면 각자

골라 둔 책들을 한 보따리씩 집으로 날랐다.

 2023년과 2024년 각각 한 권씩 책을 출간하면서 출판사의 사정이나 종이책을 판매하는 서점에 대한 관심이 부쩍 늘었고 서점에도 자주 들르는 편이다. 요즘 발품 팔아 가며 서점을 직접 찾는 사람들은 그리 많지는 않다. 서점에서 책을 직접 구입하는 것은 여러 면에서 비효율적으로 느껴질 수도 있다. 인터넷으로 책을 사면 10% 할인을 해 주는 게 일반적이고 책값이 15,000원이 넘으면 배송료도 무료이다.

 동네의 작은 서점들은 많은 책을 다 구비해 놓고 있지도 못하기 때문에 이전에는 웬만한 거리마다 흔히 찾아볼 수 있었던 중소 규모 서점들이 자취를 감추었다. 장인어른께서 운영하시던 서점도 장인어른께서 돌아가신 뒤 문을 닫았다. 그나마 대형 서점이라도 남아 있어 아직도 직접 서점을 찾는 매력은 여전하다. 이런 대형 서점들은 계획에 없던 다른 책을 발견할 수도 있고, 신간 코너, 베스트셀러, 스테디셀러, 기획 도서 등 이 책, 저 책 등을 두루 살펴볼 수 있어서 좋다. 또한 책을 직접 몇 쪽이라도 읽고 책을 구입하게 되면 잘못된 책 정보로부터 자유로울 수도 있다. 삼성동의 스타필드에 있는 별마당 도서관은 서점 본래의 역할을 뛰어넘어 만남의 장소 역할까지 해 주고 있다.

 포르투갈 여행을 하면서 세계에서 가장 아름다운 서점으로 알려진 '렐루 서점'을 찾은 적이 있다. 찾아오는 사람들이 얼마나 많은지 서점과 떨어져 있는 별도의 건물 카운터에 가서 5유로 입장료를 내고, 가방을 맡긴 뒤 다시 서점 앞으로 가서, 한참을 줄을 서 기다린 뒤에야 들어가 볼 수가 있었다.

몇 평 안 되는 작은 서점이 이처럼 많은 사람들로 북적이게 할 수 있는 매력이 한편으로는 부럽게 느껴지기도 하였다. '렐루 서점'은 1906년 오픈하여 지금까지 약 110년 이상 운영되고 있는 서점으로 1층과 2층을 잇는 중앙의 분기 계단은 천장의 대형 스테인드글라스 창문과 어울려 매우 신비하고 인상적인 모습을 나타낸다.

포르투갈 포르투 렐루 서점

아르누보풍으로 세계에서 가장 아름다운 서점으로 꼽히며, 작가인 조앤 롤링이 해리포터 시리즈를 창작하는 데에도 영향을 끼친 것으로

교차로에 선 삶의 무대

알려지면서 더욱 유명해졌다.

또 다른 아름다운 서점으로는 기존의 건축물을 서점으로 리모델링한 아르헨티나 부에노스아이레스의 '엘 아테네오' 서점이다. '엘 아테네오' 서점은 1919년 오페라 극장으로 문을 연 뒤 영화관을 거쳐 현재의 서점으로 변신한 부에노스아이레스의 명물이다. 무대를 카페로, 객석을 서가로, 4층 객석을 갤러리로 변신시켜서, 1년에 70만여 권의 책이 팔리고, 1백만 명이 찾는 명소가 되었다.

아르헨티나 부에노스아이레스의 '엘 아테네오' 서점

오페라 원형 극장의 디자인이나 무대 조명, 커튼 등이 그대로 보존되어 있어, 고전적이면서도 우아한 분위기가 흐른다.

또한 네덜란드의 마스트리히트에 위치한 도미니카넌 서점은 단순한 책방 이상의 의미를 가진다.

이곳은 시간의 흔적을 품고, 과거와 현재가 조화를 이루는 독특한 공간으로, 마치 역사의 한 페이지 속으로 들어간 듯한 느낌을 준다. 13세기에 고딕 양식으로 세워진 이 건축물은 한때 성당으로

네덜란드 '도미니카넌' 서점

쓰였으나, 시간이 흘러 역사의 소용돌이 속에서 다양한 변화를 겪었다. 18세기 말, 프랑스 혁명군의 침공으로 종교적 기능을 잃은 성당은 마구간, 창고, 도살장, 콘서트홀 등 상상하기 어려운 용도로 변신하며 그 생명을 이어 갔다. 한때 숭고한 예배의 공간이었던 이곳이 일상의 한복판에서 현실적 필요에 따라 새롭게 쓰이는 모습은 시대의 무게를 고스란히 담고 있다. 그러나 이 공간은 단순히 쇠락하거나 잊히지 않았다. 2006년, 네덜란드 서점 체인인 셀렉시즈는 이 고풍스러운 성당을 개조해 서점으로 탈바꿈시켰다. 800년의 시간을 품은 고딕 양식의 건축물은 책으로 가득 찬 현대적인 서점으로 다시 태어났다. 이제 이곳은 천장에 새겨진 아름다운 프레스코화와 날렵한 아치형 창문 아래에서 독자들이 책을 탐색하며 지적 모험을 떠나는 특별한 장소가 되었다.

이 서점을 방문하면 과거와 현재가 충돌하지 않고, 오히려 절묘한 균형을 이루며 공존하는 모습을 볼 수 있다. 중세의 장엄한 건축물은 여전히 고고한 자태를 뽐내며 서점을 찾는 이들에게 깊은 감동을 준

교차로에 선 삶의 무대

다. 한편, 세련된 현대적 디자인의 책장과 테이블은 과거의 건축물과 조화롭게 어우러져 새로운 생명을 불어넣는다. 책을 사랑하는 사람들에게 이곳은 단순히 책을 구매하는 곳이 아니라, 역사 속에서 독서의 즐거움을 경험하는 성지로 다가온다.

도미니카넌 서점은 단지 오래된 성당을 활용한 서점이라는 점에서 그치는 것이 아니다. 이곳은 인간의 창조성과 적응력을 보여주는 상징적인 사례다. 과거의 유산을 단순히 보존하는 것을 넘어, 새로운 목적을 부여하고 현재의 문화를 담아내는 이 공간은 사람들에게 '변화'가 단순한 파괴가 아니라 '재창조'가 될 수 있음을 가르쳐 준다. 도미니카넌 서점은 책과 건축, 그리고 시간의 조화가 얼마나 아름다운 결과를 만들어낼 수 있는지를 보여주는 가장 훌륭한 사례 중 하나다.

지금의 장년층 이상은 빠르게 변하는 시대를 온몸으로 경험하며 문명의 발달과 함께 수많은 익숙했던 것들이 추억 속으로 사라져 가는 과정을 지켜봤다. 과거에 대한 향수는 때로는 그리움으로, 때로는 아련한 미련으로 다가온다.

백남준 탄생 80주년을 맞아 열렸던 특별 기념전에서 부제로 사용하였던 '노스탤지어는 피드백의 제곱'은 백남준이 1992년에 쓴 글의 제목이다. 백남준의 예술 세계에 대한 '노스탤지어'는 우리 시대의 미디어 아트와 만날 때 훨씬 큰 '제곱'의 '피드백'을 전달한다는 뜻이다.

과거를 돌아보는 작업은 단순히 기억을 꺼내는 데 그치지 않고, 그것이 현재와 미래에 어떤 영향을 주는지 성찰하게 만든다. 서점은 그런 노스탤지어를 자극하는 공간이다. 책장 사이를 거닐며 한 권 한 권 책을 만져보는 그 순간들, 그리고 예상치 못한 책과의 만남은 단순한 소비 이상의 의미를 가진다.

22년 귀국 후 4박 5일 동안 부산을 여행한 적이 있다. 그동안 소문으로만 들어 왔던 부산의 보수동 책방 거리를 눈으로 직접 볼 수 있었다. 보수동 서점 거리 첫 번째 서점을 지나면서 서점 주인께서 진열대에 막 내려놓는 책이 우연히도 얼마 전 교보문고에 인터넷 주문 때 품절되어 사지 못했던 '냉정과 열정 사이' 책이어서 반갑고 신기한 마음으로 얼른 그 자리에서 구입했다. 두바이로 가는 기내 영화 편에서 보았던 '냉정과 열정 사이'를 본 적이 있었기에 원작을 읽어 보고 싶었는데 이 책을 부산의 보수동 헌책방 가게에서 아주 우연히 구입할 수 있었다.

반가운 것은 최근 들어 새로운 대형 중고 책 매장들이 늘고 있다. 이러한 대형 중고 책 매장들은 절판된 책이나 희귀 도서를 찾고자 하는 독자들에게 더 많은 선택지를 제공하고, 체계적인 분류와 넓은 공간을 통해 원하는 도서를 발견할 가능성을 높여주고 있다. 새 책에 비해 상대적으로 저렴한 가격으로 독자들에게 경제적 부담을 덜어주는 동시에 환경 친화적인 소비를 활성화하여 지속 가능한 소비문화에 기여한다. 대형 중고 책 매장은 단순히 책을 사고파는 장소를 넘어 독특한 문화 공간으로 자리 잡고 있으며, 쾌적한 인테리어와 편리한 시스템을 통해 방문객들에게 서점 이상의 경험을 제공한다. 최근 중고 책 매장

부산 보수동 헌책방 거리

은 오프라인 판매와 온라인 플랫폼을 결합하여 더 많은 독자들에게 접근할 수 있도록 했으며, 오프라인 매장에서 책을 확인하고 온라인에서 구매하거나 반대로 온라인으로 찾은 책을 매장에서 픽업하는 방식을 보편화했다. 대형 중고 책 매장은 방대한 책의 종류를 통합적으로 제공하며 정리된 카테고리와 검색 편의성을 통해 독립 서점들과 차별화된 경험을 선사하고, 저자 강연, 독서 모임, 전시회와 같은 행사를 주최하며 독자들과의 교류를 활성화했다.

서울을 포함한 대도시에서는 중고 책 시장이 점차 확대되고 있으며, 젊은 세대가 절판된 문학 작품이나 희귀한 학술 도서를 찾기 위해 적극적으로 탐색한 결과 경제적이고 환경 친화적인 소비라는 인식이 퍼지며 성장하고 있다.

'서울 책보고'는 약 13만 권 이상의 도서를 보유하며 하루 평균 수백 명의 방문객이 찾는 인기 명소로 자리 잡았고, 알라딘 중고 서점과 YES24 중고 서점 등 대형 온라인 서점들이 오프라인 매장을 운영하며 시장을 확장했다.

대형 중고 책 매장은 과거와 현대의 도서 시장을 잇는 중요한 다리 역할을 하고, 독자들에게 더 넓은 선택지를 제공하는 동시에 문화적 교류의 장으로서 중요한 기능을 수행하고 있다. 이러한 발전은 독서 문화의 지속 가능성을 높이는 데 크게 기여할 뿐만 아니라 앞으로도 독자들의 요구와 트렌드에 맞춰 중고 책 시장은 더욱 진화할 것으로 전망된다.

서점은 단순히 책을 사는 공간이 아니다. 서점은 과거의 추억과 현재의 영감을 연결해 주는 다리이며, 삶의 새로운 아이디어를 떠올리게 해주는 창이다. 시간이 흐르고 시대가 변해도, 서점이 가진 이 특별한 역할과 매력은 앞으로도 변치 않을 것이다.

교차로에 선 삶의 무대

9

개밥바라기 별

지금 다니고 있는 제2의 직장인 건원 엔지니어링은 CM 전문 회사이다 보니 제1 직장 생활 도중에 또는 제1 직장을 은퇴한 후에 이 회사에 합류한 시니어 그룹의 비중이 절반이 넘는다.

어린 시절 학교에서 돌아오면 으레 동네 뒷마을 언덕의 비교적 넓은 공간에서 온 동네 아이들이 모여서 공을 차다가 해가 떨어져서 공이 잘 안 보일 때까지 놀다가, 다들 놀이의 마무리에 아쉬움을 간직한 채 마지못해 각자의 집으로 향하곤 하였다. 집집마다 밥 짓는 냄새와 연기가 피어오를 때 서쪽 하늘에 유난히 반짝이는 별 하나가 있었는데 이 별을 개밥바라기 별이라고 부른다.

태양계 행성 중에 지구 궤도보다도 안쪽에서 돌고 있는 행성으로 원래 이름은 금성이지만 사람들은 이 행성을 새벽에 떴을 때는 '샛별'이라고 부르고, 초저녁에 떴을 때는 '개밥바라기 별'이라고 부른다. 새벽에 볼 수 있는 '샛별'은 떠오르는 별이고, 저녁에 볼 수 있는 '개밥바라기 별'은 지는 별이다. '샛별'은 희망차 보이고, '개밥바라기 별'은 암울해 보인다.

금성

개밥바라기 별

사람들이 '개밥바라기 별'이라고 부르던 이유는 비어 있던 서쪽 하늘에 지고 있는 초승달 옆에 밝게 빛나고 있는 별, 땅거미가 질 무렵, 사람들이 다 저녁밥을 먹고 난 후 찬밥 덩어리 줄 때를 기다리면서 개들이 침을 흘리던 그 시간 무렵에 떠오르기 때문이다. 이를 종종 사람과 비유해서 잘 나갈 때를 '샛별', 반대의 경우를 '개밥바라기 별'로 부른다.

지금의 나이가 '개밥바라기 별'처럼 느껴지더라도 마음만은 늘 샛별 같은 청춘이고 싶다. 이제는 어느새 제1 직장을 정년퇴직하고 제2의 직장에서 아들보다도 후배들인 신입 사원들과 함께 일하고 있다.

교차로에 선 삶의 무대

삼성물산 정년퇴직 하는 날 회사 앞

제2 직장 건원 엔지니어링

제2 직장인 지금의 CM 전문 회사는 비교적 정년이 제한되어 있지 않기 때문에 본인의 기술력과 어느 정도의 노력만 있으면 비교적 오랫동안 근무할 수 있는 환경이다. 이 회사도 매년 상반기와 하반기 2차례씩 공채 신입 사원들을 채용하고 있다. 그런 공채 기수로 성장한 직원들이 1기인 입사 15년 차부터 15기인 신입 사원들까지 곳곳에 포진하고 있다. 그런 후배 직원들에게는 이미 제1 직장을 은퇴하고 합류한 시니어 그룹은 엄청난 '꼰대'들로 보일 것이다.

그동안 특히 여러 해외 현장에서 수많은 관계의 사람들과 여러 가지 문제로 좌충우돌하던 상황들이 아련한 추억이 되어 가면서 마치 연극이 끝난 텅 빈 무대처럼 허전할 때가 종종 있다. 새벽의 '샛별'이나 초저녁의 '개밥바라기 별'이나 하나의 같은 별인 것처럼 언제나 마음만은

교차로에 선 삶의 무대

청춘이지만 현실은 '개밥바라기 별'이 맞다.

2024년 건원 엔지니어링 공채 15기 신입 사원들

　건설 회사의 근무 환경도 많이 바뀌었다. 주 52시간제가 도입되어서 밤에 늦게까지 남아서 일하는 경우나 휴일 없이 연속으로 근무하던 모습은 찾아볼 수 없게 되었다. 또한 정년이 55세에서 60세로 바뀐 지 얼마 안 되어 이제는 65세 정년을 거론하고 있다 보니 젊은 팀장 밑에서 일하는 직원들도 자연스레 늘어나는 상황이다.

　서쪽 하늘에 걸린 개밥바라기 별을 볼 때마다, 한 시절을 마무리하고 새로운 문을 여는 인생의 이치를 떠올리게 된다. 인생은 마치 해가 지는 시간처럼, 한쪽이 저물 때 다른 한쪽이 서서히 밝아지는 주기를 반복한다. 개밥바라기 별은 지는 별이지만, 동시에 다음 날의 아침을 준비하는 별이다. 어쩌면 지금 모습도 그러한 별처럼 제1 직장에서 정년을 맞이하며 긴 여정을 마무리했지만, 제2 직장에서 또 다른 도전과 성취를 이어 가고 있다.

2022년 2월 방글라데시 다카 국제공항 현장 귀국 송별 사진

후배 직원들의 열정적인 에너지를 마주하며 그들에게 조언하고 도움을 주는 역할을 여전히 희망해 본다. 그들에게 낯선 과거를 간직한 구시대적인 존재로 보이겠지만, 그동안의 경험이 그들의 미래에 작은 지침이 되길 바라는 마음은 간절하다. 이는 마치 개밥바라기 별이 밤하늘에서 마지막으로 빛을 비추는 것과 같다. 비록 그 빛이 사라져 가더라도, 그 빛이 한순간이라도 어둠 속을 비추었다는 사실은 변함이 없다. '잘된다면 자랑스런 에필로그, 아니라도 꽤 소중한 에피소드'가 될 것이다.

교차로에 선 삶의 무대

개밥바라기 별이 저물고 나면, 새벽의 샛별이 떠오른다. 잠시라도 누군가의 빛이 되어 줄 수 있다면, 언젠가는 그 후배들이 또 다른 빛으로 이어 가리라 믿는다. 그저 흐름 속에서 주어진 시간 동안 최선을 다하며 어두운 하늘 한구석에서라도 희미한 빛을 남기는 것이다.

삶은 이렇게 이어지는 별빛의 이야기처럼 한 세대의 저물음은 다음 세대의 시작을 알리는 신호에 불과하다. 이 흐름 속에서 작은 별처럼 지나가겠지만, 언젠가 그 빛이 누군가의 기억 속에서 반짝이기를 바라며, 오늘도 최선을 다해 보리라 다짐해 본다.

10

향기(香氣)

    오랫동안 해외 근무를 하면서 여러 공항에서 국제선 탑승 기념으로 탈 때마다 한 개 두 개 모아둔 미니어처 술병들이 그동안의 추억을 대변하고 있는 듯하다.

해외 공항에서 구입한 미니어처 술병

교차로에 선 삶의 무대

언젠가 국내 술 광고 중에 마음에 들어 카피해 둔 문구가 있다. '완벽의 경지, 수작업으로 고른 몰트와 그레인위스키가 최소 30년의 숙성 기간을 거치고 나면, 짙은 황금색을 띠며 미묘하면서도 달콤한 풍미와 꿀과 바닐라의 오묘한 조화가 돋보이는 위스키로 탄생한다. 한정된 수량으로 소수만이 즐길 수 있어 더욱 특별하다'라고 하는 어느 술 광고 문구이다.

20년 지기 친구 사이인 정우성과 이정재를 모델로 '소중한 사람들과 함께하는 가치 있는 시간을 중요하게 생각한다'고 광고한다. 오랜 시간 숙성(熟成)을 거친 원액과 대대로 이어진 블렌딩 노하우와 차곡차곡 쌓인 시간 덕분에 명성을 얻을 수 있게 되었다. 여기에 착안해서 브랜드 캠페인 테마를 '우리가 깊어지는 시간'으로 설정한 부분도 참신하다. '소중한 사람들과 함께하는 시간이 가장 가치 있는 시간이며, 그 시간이 모여 삶이 풍요로워지고 우리 자신도 더욱 깊어진다'는 의미를 담고 있다.

우연히도 17년, 21년, 그리고 30년이라는 시간들은 한 사람의 삶에서 직장 생활의 햇수와도 비슷하다. 해를 거듭하며 소중한 경험들이 쌓이고, 그 시간들은 결국 삶을 풍요롭게 만든다.

27살의 젊은 나이에 시작했던 나의 직장 생활은 이제 어느덧 37년이라는 긴 세월을 맞이하고 있다. 그 시간 동안 수많은 선배님들과 동료들 사이에서 배우고 성장하며, 지금은 제2의 직장 생활을 이어 가고 있다.

직장 생활에서 늘 앞서가며 본보기가 되어 주셨던 선배님들의 모습, 그리고 그들이 남긴 따뜻한 향기(香氣)는 지금도 기억 속에 깊이 남아 있다. 그 향기는 단순히 기술적 능력이나 업무 성과로만 남은 것이 아니라, 인간적인 가르침과 삶의 지혜를 함께 전해 주었던 것들이었다. 때로는 엄격했지만 진심이 담겨 있었고, 때로는 따뜻했지만 묵직한 가르침으로 마음에 깊이 스며들었다. 그분들과 함께했던 시간들은 삶에 있어 소중한 자산이 되었다.

1993년 삼성물산 건축기술팀 MT

1993년부터 1996년까지 해외 첫 현장이었던 말레이시아 쿠알라룸 푸르에서 3년 동안 동고동락했던 현장 선후배 모임은 벌써 30년째 이 어지고 있다. 당시 현장에서 함께 일하며 겪었던 다양한 경험과 어려

교차로에 선 삶의 무대

삼성물산 말레이시아 루사카 타워(1993년~ 1996년) 모임

움들은 서로에게 끈끈한 동료애를 발휘하게 했고, 지금까지도 그 우정
은 변함없이 지속되고 있다. 말레이시아에서의 그 시절은 모두에게 특
별한 의미를 지닌 시간이었다. 함께 일하며 지내던 하루하루는 물론,
일과 후에 나누던 이야기도 모두 소중한 추억으로 남아 있다.

　소장님은 안타깝게도 작고하셨고, 박 선배님은 뉴질랜드로 이민을
가셔서 지금은 모임에 참석하지 못하고 있지만, 나머지 선후배들은 여
전히 정기적으로 만나며 옛 현장 이야기를 나누고 있다. 그 모임은 단
순히 과거의 이야기를 나누는 자리가 아니라, 서로의 삶의 변화와 성
장을 함께 축하하는 자리로, 시간이 지날수록 더욱 의미 있는 시간이
되고 있다. 매번 모임에서는 말레이시아에서 함께 겪었던 여러 가지
에피소드를 떠올리며 웃음이 끊이지 않으며, 그때의 어려움도 서로를

건원 엔지니어링 사내 체육대회

더욱 *끈끈하게* 묶어준 경험으로 되새기고 있다.

　특히, 말레이시아에서의 문화적 차이나 현지인들과의 관계, 그리고 함께 겪은 프로젝트의 성공과 실패에 대한 이야기들은 여전히 중요한 대화의 주제가 된다. 30년이 지난 지금도 그들은 함께한 시간이 단순한 업무를 넘어 인생의 중요한 부분을 차지했다고 입을 모은다.

　지금의 제2 직장 생활은 새로운 도전과 설렘으로 가득하다. 이제는 주로 향기(香氣)를 전해 주어야 할 선배의 입장에 있다.

　그들과의 관계 속에서 스스로를 돌아보고, 이곳에서 어떤 향기를 남길 수 있을지를 고민한다. 오래 숙성된 와인처럼, 그동안의 경험과 지혜가 자연스럽게 배어 나와 후배들에게 좋은 영향을 줄 수 있기를 바란다.

새로운 환경에서, 새로운 사람들과 함께하는 시간 속에서도, 할 수 있는 최선을 다해 향기를 남기려 한다. 그것은 단순히 일과 성과를 넘어서, 인간적으로도 좋은 동료, 좋은 선배로 남고 싶은 작은 소망이다. 언젠가 내가 떠난 자리에서도, 함께했던 이들이 나의 향기를 기억하며 미소 짓기를 바란다.

11

광장(廣場)

제2의 직장이 있는 문정동 법조단지 지식산업센터 건물군의 지하 선큰 광장은 언제나 활기로 가득하다. 점심 식사 후 자투리 시간을 보내기 위해 광장의 벤치에 앉아 있으면, 젊은이들이 삼삼오오 모여 웃고 떠드는 모습이 자연스레 눈길을 끈다. 커피 한 잔을 손에 들고 대화

문정동 지식산업센터 지하 선큰 광장

교차로에 선 삶의 무대

를 나누거나 담배를 피우는 모습들, 휴대폰을 바라보며 잠시의 고요를 즐기는 모습들까지 그들의 모습에는 활기와 에너지가 가득한 풍경이지만 묘한 부러움과 허전함이 동시에 밀려온다.

벤치에 앉아 잠시 눈을 감으면 젊음의 기운이 공기를 타고 스며드는 듯 전해 온다. 활기찬 발걸음 소리와 조용한 웃음소리가 배경음처럼 귓가를 맴돌고 그 소리들은 마치 한 편의 따스한 음악처럼 들려온다. 은퇴 후 더는 이런 광장에서 시간을 보내지 않게 된다면, 이런 모습들을 또 얼마나 그리워하게 될까? 지금의 이 순간이 그때는 얼마나 소중하게 기억될까? 정신없이 보내온 그간의 세월이 아련한 추억으로 떠오르면서 지금의 이 순간에 행복을 찾고 싶다는 생각을 해 보았다.

젊음이란 단지 나이로만 정의되는 것이 아니다. 그것은 살아 숨 쉬는 공간의 활력과 그 안에서 만들어지는 에너지이다. 매일 점심에 마주하는 이 지하 광장은 그 모든 젊음을 품고 있다. 이곳에 앉아, 앞으로 다가올 시간들을 상상하며, 그 활기를 마음 한구석에 담아 본다. 언젠가 이곳을 다시 찾게 된다면, 그때도 지금 느꼈던 이 따뜻한 감정을 떠올릴 수 있기를 희망해 본다.

문득 20차례 이상 다녀온 유럽의 30여 나라 수많은 광장들을 떠올려 보았다. 각 도시마다 그곳만의 색깔과 이야기를 품고 있던 광장들. 이탈리아 로마의 나보나 광장에서는 분수의 물소리와 함께 고대의 흔적을 느꼈고, 스페인 마드리드의 푸에르타 델 솔에서는 끊임없이 지나가는 사람들의 발걸음 속에서 그들만의 열정을 실감했다. 파리의 콩코르드 광장은 역사의 무게를 품고 서 있었고, 그리스 아테네의 신타그마 광장은 현대와 과거가 만나는 교차점처럼 느껴졌다.

광장은 그저 사람들이 모이고 흩어지는 공간 이상의 의미를 담고 있다. 유럽의 광장들은 때로는 시장이 되었고, 때로는 축제의 무대가 되었으며, 때로는 혁명의 현장이 되기도 했다. 그러면서도 언제나 사람들을 품어 주고, 그곳에서 새로운 이야기를 만들어 가도록 허락했다. 광장은 단순한 공간이 아니라 한 도시의 심장이자, 역사의 중심이었다.

이탈리아 로마 나보나 광장

기억 속의 광장들은 저마다 다른 풍경과 감정을 선사했지만, 하나의 공통점이 있다. 광장은 사람들로 인해 살아 움직인다. 그곳에 모인 사람들의 웃음소리, 대화, 발걸음이 곧 광장을 움직이는 맥박이다. 유럽의 광장에서 각 도시의 진짜 얼굴을 볼 수 있었다. 그것은 박물관이나

교차로에 선 삶의 무대

성당, 명소에서 느낄 수 없는 또 다른 무엇이었다. 광장은 도시와 그 안에 사는 사람들의 일상이 숨 쉬는 공간이다.

이런 생각을 하다 보니 문정동 지하 광장의 모습 역시 누군가에게는 자신의 삶과 추억의 일부가 되는 공간이 될 것이다. 유럽의 화려한 광장과 비교하면 소박할지 몰라도, 그 안에 담긴 활기와 이야기는 결코 뒤지지 않을 것이다. 결국 광장은 어디에 있든, 어떤 모습이든, 그곳에서 살아가는 사람들의 흔적과 감정을 담는 그릇이라는 생각이 든다.

광장의 사면이 건물로 둘러싸인 유사한 유럽의 광장 사례로는 이탈리아 베네치아의 '산 마르코 광장', 벨기에 브뤼셀의 '그랑 플라스', 스페인 마드리드의 '마요르 광장', 러시아 모스크바의 '붉은 광장'도 비슷하다.

산 마르코 광장의 카페 플로리안(Caffè Florian)은 이탈리아 베네치아를 대표하는 유서 깊은 카페로, 세계에서 가장 오래된 운영 중인 카페 중 하나로 손꼽히며 베네치아의 역사를 품은 상징적인 공간으로 자리 잡았다. 카페 플로리안은 개장 당시부터 베네치아 귀족들, 예술가들, 지식인들이 모이는 사교의 중심지 역할을 했으며, 이곳의 화려한 인테리어와 세련된 분위기는 많은 이들에게 영감을 주었다. 특히 유럽의 문학과 예술계를 대표하는 인물들이 자주 드나들었는데, 카사노바, 괴테, 찰스 디킨스, 루소, 바이런 경과 같은 유명 인사들이 이곳을 애용했던 것으로 알려졌다. 이러한 점에서 카페 플로리안은 단순히 커피를 마시는 장소를 넘어 문화와 예술의 교류 공간으로 기능했다.

　카페의 내부는 베네치아의 전통적이고 우아한 건축 양식을 반영하여 디자인되었으며, 금박과 섬세한 프레스코화, 대리석과 같은 고급스러운 재료가 사용되어, 단순히 커피를 마시는 것을 예술적 경험으로 승화시켰다. 카페 플로리안은 또한 야외 좌석으로 유명하다. 산 마르코 광장을 바라보며 커피와 함께 광장의 활기를 느낄 수 있는 이 좌석은 많은 여행객과 현지인들에게 인기 있는 명소이다. 300년이 넘는 세월 동안 전통을 유지하며 베네치아의 정체성을 상징하는 이곳은 유럽 카페 문화의 살아 있는 역사로 평가받는다.

이탈리아 베네치아 산 마르코 광장 '카페 플로리안'

　이런 카페가 면한 분위기는 현재 점심시간에 이용하고 있는 문정동 법조단지의 건물 하부에 면하고 있는 여러 음식점들과 카페를 비교하

교차로에 선 삶의 무대

벨기에 브뤼셀 그랑 플라스 광장

기에 무리가 없어 보인다. 다만 산 마르코 광장에서 벌어지는 음악 공연과 축제의 장이 이루어지는 등의 다양한 문화적 이벤트의 장이 되고 있지만, 문정동 법조단지는 점심시간에 오피스 근무자들의 휴게 공간 정도의 역할로 한정된다.

브뤼셀의 중심부에 위치한 광장인 그랑 플라스(Grand-Place)는 단순히 도시의 한 광장을 넘어, 벨기에의 역사와 문화적 정체성을 대표하는 상징적인 장소다. 이곳은 웅장한 건축물과 역사적 중요성 덕분에 1998년 유네스코 세계 유산으로 등재되었다. 그랑 플라스는 고딕과 바로크 양식이 절묘하게 결합된 건축물들로 둘러싸여 있어, 마치 거대한 야외 박물관에 온 듯한 감동을 선사한다.

광장의 중심에는 브뤼셀 시청사가 우뚝 서 있으며, 15세기에 건축된

이 고딕 양식의 건물은 정교한 조각과 우아한 첨탑으로 유명하다. 시청사와 마주 보는 쪽에는 왕의 집이라 불리는 건물이 있는데, 이는 과거 스페인 통치 시절 브뤼셀의 행정 중심지로 사용되었으며, 현재는 브뤼셀시 박물관으로 활용되고 있다. 광장을 둘러싼 길드 하우스는 17세기 브뤼셀의 황금기를 상징한다. 각각의 건물은 특정 길드(직업 조합)를 대표하며, 풍부한 장식과 황금빛 디테일이 특징이다. 특히 건물마다 독특한 이름과 장식이 있어, 당시 상업과 무역의 번영을 엿볼 수있다. 이러한 건축물들은 한때 전쟁과 화재로 파괴되었으나, 원래의디자인에 충실하게 복원되어 오늘날까지 그 화려함을 간직하고 있다.또한 그랑 플라스는 매년 크리스마스 시즌이 되면 대형 크리스마스트리와 불빛 장식으로 가득 차, 관광객들에게 마법 같은 분위기를 선사한다. 광장은 또한 다양한 공연, 시장, 문화 행사가 열리는 장소로, 브뤼셀 시민들의 삶 속에서 활기를 불어넣는 중심지로 기능하고 있다.

마드리드의 '마요르 광장'은 직사각형 모양으로, 주변을 둘러싼 3~4층짜리 건물들로 주택, 상점, 카페, 레스토랑 등의 건물들로 둘러싸여있다. 이 건물들은 주로 고대와 중세의 건축 양식을 따르고 있으며, 스페인의 전통적인 건축 양식과 특징을 갖고 있다. 마요르 광장의 건물들은 대부분 3층으로 구성되어 있으며, 베란다와 현관이 독특한 디자인으로 꾸며져 있다.

모스크바의 붉은 광장은 모스크바의 역사와 중심지로서 오랜 세월동안 다양한 역사적인 사건들의 배경이 되었다. 이 광장은 15세기부터

교차로에 선 삶의 무대

상인들과 집회, 행사, 군사 행렬 등의 장소로 사용되어 왔다. 붉은 광
장은 주변을 둘러싼 세인트 바실리 대성당, 크렘린 궁전, 국립 역사 박
물관, 굼 백화점 등이 광장을 둘러싼 형태의 광장이다.

러시아 모스크바 붉은 광장

여러 낯선 도시를 여행하면서 여행의 출발점 & 만남의 장소로 이정
표를 삼기 쉬운 곳이 도시의 광장이고, 광장에 조각상이나 랜드마크
등이 있으면 더욱 편리하다. 서구의 도시 광장들은 고대 그리스 도시
의 아고라(agora)나 고대 로마 도시의 포룸에서 비롯되었다.

이탈리아에는 베네치아의 '산 마르코 광장'을 비롯해서 영화 '로마의
휴일'에 나오는 '스페인 광장', 미켈란젤로 설계로 유명한 '캄피돌리오
광장', 바티칸의 '성 베드로 성당 앞 광장' 등이 있다.

특히 '캄피돌리오 광장'은 서양 건축사를 공부하면서 늘 찬미해 오던

광장이다. 캄피돌리오 광장은 로마의 일곱 언덕 중 하나인 카피톨리노 언덕 위에 자리 잡고 있으며, 그 자체로 서양 건축사의 중요한 장면을 연출하고 있다.

르네상스 시대의 천재 미켈란젤로가 직접 설계한 이 광장은, 단순한 도시 재개발 프로젝트를 넘어선 예술적, 건축적 유산으로 평가받는다.

이탈리아 로마 캄피돌리오 광장

미켈란젤로는 당시 황폐하고 무질서하던 이 지역을 새롭게 탈바꿈 시키기 위해 건축적 혁신과 심미적 감각을 발휘했다. 광장의 전체 디자인은 정교한 기하학적 대칭과 비례를 강조하면서도, 그 중심에는 인간적 스케일의 편안함을 담았다. 광장 한가운데는 고대 로마의 상징인 황제 마르쿠스 아우렐리우스의 기마상이 자리 잡고 있는데, 미켈란젤로는 이 동상을 중심축으로 삼아 주변 건축물과의 조화를 이루었다.

교차로에 선 삶의 무대

이 기마상은 로마 제국의 영광을 상징하며, 미켈란젤로의 광장 설계와 어우러져 과거와 현재를 연결하는 강렬한 상징적 역할을 한다.

이 광장의 설계에서 특히 돋보이는 부분은 미켈란젤로가 직접 디자인한 계단인 '코르도나타(Cordonata)'이다. 이 계단은 단순히 언덕 위로 이어지는 통로를 넘어, 그 자체로 웅장함과 우아함을 동시에 표현하는 예술 작품이다. 계단은 점진적인 경사로 설계되어 방문객들이 자연스럽게 언덕 위의 광장으로 올라가도록 유도하며, 그 과정에서 마치 성스러운 공간으로 들어가는 듯한 경험을 선사한다.

광장 중심에 위치한 시청사 팔라초 세나토리오와 양옆의 콘세르바토리 궁전과 누오보 궁전은 미켈란젤로의 설계 아래 통일된 시각적 조화를 이룬다. 이 건물들은 각각 현재 로마의 캄피돌리오 박물관으로 활용되고 있어, 광장은 문화와 역사의 중심지로서의 역할을 계속 이어가고 있다. 광장의 디자인은 르네상스 건축이 추구했던 이상적 비례와 조화를 구현한 최고의 예로 꼽힌다. 위에서 내려다보면 계단까지 포함하여 마치 한 송이 꽃처럼 펼쳐진 이 광장은, 미켈란젤로가 단순히 공간을 설계한 것이 아니라 그 안에 생명을 불어넣었다는 것을 느낄 수 있다. 특히, 광장을 채운 각 요소들은 완벽한 조화를 이루면서도 독립적인 아름다움을 지니고 있어, 르네상스 시대의 건축적 완성도를 여실히 보여 준다.

캄피돌리오 광장은 단순히 아름다운 건축물과 조경을 넘어, 공간이 어떻게 사람들에게 심리적, 정서적 영향을 미칠 수 있는지를 보여주는 사례다. 캄피돌리오 광장은 예술과 건축이 어떻게 시대를 초월한 언어로 사람들과 소통할 수 있는지를 보여 주는 살아 있는 증거라 할 수 있다.

중세의 주요 광장은 교회 앞 광장, 시청 청사 앞 광장, 시장 광장 등 이며, 서로 독립되어 있기도 하고, 병용되기도 했다. 뮌헨의 시장 광장 인 '마리엔 광장'이나 시에나의 시청 청사 앞에 있는 '칸포 광장' 등 독 일, 이탈리아의 중세 광장이 유명하다.

르네상스 시대의 광장은 주위의 건물에 장식을 하거나 조각 또는 분 수를 설치하는 한편 기하학적 형상으로 설계함으로써 공간 전체를 아 름답게 한 것들이 많다.

클래식 음악이 따로 있진 않지만, 오늘도 점심시간 잠시 지하 광장 의 벤치에 앉아 산 마르코 광장의 '카페 플로리안'에서의 여행 추억을 떠올려 볼 수 있음에 감사한다.

교차로에 선 삶의 무대

#12

밥 한 끼

매년 음력 3월 31일 할머니 생신날이 돌아오면 어머니께서는 전날부터 음식을 준비하셨고, 초등학생이던 나는 등교하기 전 이른 아침, 아직 햇살이 밝기 전의 고요한 시간에 동네를 한 바퀴 돌아, 할머니 생신날임을 알리며 어르신들을 초대하러 다녔다.

초대받은 동네 어르신들이 모여들면, 아침을 함께 나누는 그 풍경이 따뜻하고 화기애애했다. 그때마다 동네 사람들은 서로 얼굴을 맞대며, 할머니의 생신을 축하하며 음식을 나누고, 그 따뜻한 정을 나누는 시간이 정말 소중하게 느껴졌다. 그 당시에는 이런 일이 특별한 일이라기보다, 동네 사람들끼리 서로의 생일을 함께 기념하고 나누는 것이 자연스러운 일상이었지만, 지금 생각해 보면 그 따뜻한 마음이 고스란히 담겨 있던 순간들이었다.

삼성물산에 다닐 때 사업부에서 이웃 부서 간 밥 한 끼 먹기 캠페인을 통해 소통을 진작시켰던 적도 있다. 밥 한 끼는 생명 연장을 위한 에너지 공급 이상으로 육체적 허기는 물론, 정신적 허기를 채워 주고,

관계를 돈독히 해 주며, 소통의 촉매가 되어 준다.

　사우디아라비아 리야드 타다울 타워 현장 소장으로 근무할 때, 술이 금지된 나라에서 직원들과의 유대감을 쌓는 방법에 대해 많은 고민을 했다. 특히 술을 즐기는 직원들에게 술 없이 회포를 풀 수 있는 방법이 없다는 점에서 늘 미안한 마음을 느꼈다. 그래서 업무 후에도 서로 편하게 소통할 수 있는 방법으로 음식을 준비해 직원들을 초대하기 시작했다. 비록 요리에 능숙하지는 않았지만, 정성껏 음식을 준비해 집으로 초대하고, 함께 식사를 나누며 소통의 시간을 가졌다. 이때, 집에서 직접 만든 와인도 중요한 역할을 했다. 술이 금지된 환경에서 직원들이 술을 마음껏 즐길 수 없었지만, 집에서 와인을 만들어 준비하고, 그것을 함께 나누는 시간이 직원들에게는 특별한 경험이 되었다.

　이 수제 와인 레시피는 리야드 게스트하우스에서 전수받아 만들었다. 방법은 100% 포도 주스 1리터당 140그램의 설탕을 넣고 약 4그램의 이스트를 넣는 비율인데 보통 5리터의 유리 용기에 1리터짜리 미제 웰치 100% 포도 주스나 오스트리아제 100% 포도 주스 4병을 부어 넣고 2주 정도 기다리면 가라앉아 있던 설탕은 모두 없어지고 4리터의 수제 와인으로 탄생한다. 화이트 포도 주스를 사용하면 화이트 와인이 되고, 레드 포도 주스를 사용하면 레드 와인이 만들어진다.

　자칫하면 그리울 수 있는 술의 맛을 수제 와인으로 대신하며, 와인 한 잔을 나누면서 그동안 쌓였던 피로와 스트레스를 풀 수 있는 소중한 시간이 되었다.

사우디아라비아 킹덤 콤파운드 직원 초대 식사

매번 이런 자리를 마련하면서, 음식뿐만 아니라 직접 만든 와인도 직원들과 나누는 즐거운 시간이 되었고, 그 과정에서 현장 소장으로서 직원들과의 관계가 더욱 깊어졌다. 그들은 현장 소장의 정성과 배려에 고마움을 표하며, 초대에 기꺼이 응했다. 특히 술을 좋아하는 직원들은 준비한 와인을 맛보며 특별한 경험을 공유했고, 그들과의 관계는 더욱 끈끈해졌다. 이처럼 와인과 음식을 나누며 생긴 유대감은 술이 금지된 환경에서 소중한 추억이 되었고, 그 시간을 통해 현장 소장으로서 직원들과의 신뢰를 쌓을 수 있었다.

특히 사우디아라비아는 척박한 환경과 술에 대한 제약이 많아, 직원

사우디아라비아 타다울 타워 현장 가족 양고기 회식

들과의 소통을 위한 또 다른 방법으로 리야드의 리츠칼튼 호텔을 비롯
한 여러 유명 호텔에서 직원들과 자주 식사를 함께 하며, 이 시간을 소
중하게 여겼다. 하지만 현장 소장과 직원 간의 식사는 종종 불편할 수
있기 때문에 이 시간을 단순히 업무적인 대화의 장이 아니라, 서로를
이해하고 진정으로 소통할 수 있는 기회로 만들기 위해 매우 조심했다.

또한, 직원들뿐만 아니라 그들의 가족들도 사우디아라비아라는 낯
선 환경에서 고생하고 있었다. 이를 위해 직원 가족들을 위한 배려도
신경을 써야 했다. 종종 직원 가족들을 초대해 빌라 앞마당에서 양고
기 파티를 열었으며, 이 자리는 단순한 식사를 넘어서 직원들과 그들
의 가족들이 서로 교류하고 유대감을 쌓을 수 있는 소중한 기회가 되
었다. 양고기는 사우디에서 흔한 음식으로, 직원들이 좋아할 만한 메
뉴였고, 그들을 환영하는 의미에서 자주 준비했다. 이와 같은 모임은

교차로에 선 삶의 무대

직원들이 고향을 떠나 사우디아라비아에서 외로움을 느끼거나 가족들과 떨어져 지내는 동안, 조금이라도 위로가 될 수 있는 기회가 되었다. 또한, 직원 가족들과의 관계를 강화함으로써, 현장에서 일하는 직원들이 더욱 힘을 내어 일할 수 있는 환경을 만들 수 있었다.

누군가를 알아 가고 익숙해지는 데 밥만 한 게 없다. 연애, 비즈니스, 화목, 우정, 소통 등 밥은 우리가 일상적으로 맺고 살아가는 인간관계의 모든 시작이자 윤활유가 된다. 밥을 함께 먹는다는 것은 음식과 시간을 함께 나누는 것만 아니라 생각과 정을 함께 나누는 것이다. 같이 밥을 먹는다는 것, 그것이 모든 관계의 시작이고, 새로운 단계로의 발전이다.

UAE 두바이, 사우디아라비아 리야드, 인도 뭄바이, 방글라데시 다카 등에서의 글로벌 프로젝트 현장에서도 회식은 단순히 음식을 나누

UAE 두바이 글로벌 스태프들과의 회식

는 자리가 아니었다. 그것은 사람들이 서로를 이해하고, 신뢰를 쌓으며, 인간적인 관계를 형성하는 중요한 시간이었고, 그 자체로 업무를 넘어서는 의미를 지녔다. 다양한 국적과 배경을 가진 사람들이 모여 협력하는 글로벌 현장에서, 회식은 단순히 업무의 연장선이 아니라, 관계의 시작이자 발전을 위한 중요한 순간이었다.

'밥 한 끼'라는 단순한 행위 속에 담긴 의미는 그만큼 깊었다. 회식은 업무 중에는 쉽게 나누지 못하는 이야기를 나누는 기회였고, 프로젝트의 어려움, 각자의 경험, 그리고 가끔은 일상적인 삶에 대한 이야기까지, 평소엔 말하지 못했던 것들을 자유롭게 나누면서 서로를 좀 더 잘 알게 된다. 음식은 그저 그 자리의 시작을 알리는 매개체일 뿐, 그 이상은 서로를 이어주는 정서적 연결 고리가 되었다.

사우디아라비아 글로벌 스태프 회식

교차로에 선 삶의 무대

회식은 또한, 팀워크를 다지고, 각자의 역할과 기여를 인정하는 시간이기도 했다. 서로 다른 언어와 문화적 배경을 가진 사람들 사이에서, 회식은 단순히 업무적으로 협력하는 관계를 넘어, 진정한 신뢰와 소통을 쌓을 수 있는 장이 되었다. '밥 한 끼'가 주는 가장 큰 의미는 바로 그런 소통의 기회를 제공하는 것이었고, 그 속에서 서로의 생각과 의견을 자연스럽게 교환할 수 있었다. 특히, 글로벌 스태프와의 회식은 단순히 업무적인 관계를 넘어서, 문화적 차이를 이해하고 존중하는 과정이기도 했다.

인도 뭄바이 DAICEC 현장 발주처 & 현지 스태프 회식

각국의 사람들이 한 자리에 모여 이야기를 나누고 웃으며, 다른 사람들의 삶의 방식과 사고방식을 배울 수 있는 귀중한 시간이었다. 이러한 회식은 서로를 이해하고, 그 차이를 존중하는 데 큰 역할을 했고, 팀워크의 결속력을 강화하는 중요한 기폭제가 되었다.

결국, 여러 나라 해외 현장에서의 회식은 '밥 한 끼'를 넘어서, 사람들이 서로를 알아가고, 신뢰를 쌓으며, 진정한 소통을 이루는 기회였다. 그것은 단지 음식을 나누는 것이 아니라, 관계를 형성하고, 더 나아가 각자가 맡은 역할에 대한 책임감을 느끼게 해 주는 중요한 순간이었다. 그런 회식은 프로젝트를 더 원활하게 이끌어 가는 데 큰 영향을 미쳤고, 결국 협력의 성공적인 토대가 되었다.

해외에서 현장 소장이 된 뒤부터는 아침 한 끼는 직접 요리를 해서 만들어 먹기 시작하였다.

물론 아침도 현장 식당에서 직원들과 같이 먹을 수 있었지만 요리 연습도 할 겸 직접

사우디아라비아에서 직접 요리한 아침 식단

만들어 먹다 보니 아침에 아내와 화상 채팅을 하면서 함께 식사를 할 수 있어 좋았다. 현지 시간이 아침 시간이면 한국은 점심시간이라서 원격이지만 아내와 함께 식사를 하였다.

흔히들 은퇴 전 타이틀을 유지할 때와 타이틀이 사라진 후의 밥 동반자들에 대한 진정성에 대해 회자하곤 한다. 이런 타이틀에 다른 관계에 의하거나, 비즈니스 등의 목적에 의한 밥 한 끼는 형식적이고, 편하지 못하다. 살아 있는 권력이나 지위를 가진 주변에는 함께 밥을 먹

으려는 사람들로 넘쳐나지만, 권력이 쇠락한 뒤에는 썰물처럼 썰렁하기만 하다. 수십 년째 7쌍의 고교 동창 부부 모임으로 1년에 2번씩 1박 2일로 만나 밥을 먹고 있다. 아마도 이들과 만나 밥을 먹는 게 가장 편하고, 행복한 밥 한 끼가 아닌가 싶다.

40년 지기 청주고 동창 부부 모임

노후에 삼시 세끼 부인이 차려주는 음식을 꼬박꼬박 요구하던 시대는 이제 과거의 풍습이 되어 버렸다. 예전에는, 특히 남성 중심의 사회에서 남편은 하루 세끼를 아내가 차려 주는 음식을 받는 것이 당연한 일이었고, 그 일은 가정 내에서 여성의 책임으로 여겨졌다. 그런 전통적인 가부장제 사회에서는 남편이 일을 마치고 집에 돌아오면 아내는 정성스럽게 음식을 준비하는 것이 당연시되었고, 남편은 아무렇지 않게 요구하며 음식을 기다렸다. 그러나 이와 같은 관계는 시간이 지나면서 급격히 변했다. 변화된 시대의 흐름에 맞춰 가족 내 역할 분담도 달라졌다. '삼식이'라는 말이 생기면서, 집에서 아무 일도 하지 않고 삼시 세끼를 집에서 차려 주는 음식을 받는 사람에 대해 경멸의 뜻을 담은 표현이 되었다.

이런 변화는 단지 가사 역할을 나누는 것을 넘어서, 현대 사회에서 각자의 삶의 방식과 자립성에 대한 가치관이 달라졌다는 것을 보여준다. 이제는 남성도 가사에 참여하고, 가정 내에서 음식을 준비하는 것 역시 서로의 협력 속에서 이루어지는 일로 변화했다. 남편이 아내에게 삼시 세끼를 요구하는 시대는 끝났고, 가정 내에서의 역할 분담은 상호 존중과 협력의 바탕 위에서 이루어지는 것이 중요해졌다.

이와 같은 변화는 사회적 가치와 가족의 관계가 그만큼 진화하고 있다는 증거이기도 하다. 서로가 각자의 역할을 이해하고, 서로의 존재와 기여를 존중하는 것이 현대 사회에서 더 중요하게 여겨지고 있다.

교차로에 선 삶의 무대

13

솟대

살고 있는 아파트의 현관에는 솟
대가 그려진 판화가 걸려있다. 출퇴
근하면서 아침저녁으로 마주하는
이 그림을 언제 샀는지는 기억이 나
지 않지만, 가끔씩 어린 시절 시골
마을에서 자라던 추억에 잠겨 보곤
한다.

청주 시내를 벗어난 변두리 시골
마을에서 고등학교 때 청주 시내로

솟대

이사를 왔다. 중고등학교 학창 시절 청주 시내의 성안길(본정통) 거리
는 친구들과 자주 찾던 장소였고, 그리 넓지 않은 거리를 따라 이어지
는 소박한 상점들과 길거리 음식들이 늘 생동감 넘쳤다. 성안길 한켠
에는 작은 광장 같은 공간이 있었는데, 그 중심에는 우뚝 선 청주 용두
사지 철 당간이 자리하고 있었다. 고려 광종 13년인 962년에 만들어진

이 철 당간은, 고즈넉한 위용을 뽐내며 우리의 시간 속에 늘 존재감을 드러냈다. 특히 이곳은 단순히 역사의 한 페이지에 머무는 유물이 아니라, 추억이 새겨진 장소였다.

철 당간의 몸체는 원래 30개의 철통으로 이루어졌다고 전해지지만, 지금은 20개만 남아 있어 세월의 흔적을 고스란히 느낄 수 있다. 그러나 그 모습조차도 견고한 시간의 상징처럼 다가왔고, 오히려 남은 철통의 존재가 더 특별하게 느껴졌다. 학창 시절, 가끔 이곳에 들러 철 당간 앞에 서서 시간을 보내곤 했다. 광장의 주변은 청주극장과 작은 가게들로 둘러싸여 있었고, 햇살이 부드럽게 내리쬐는 오후면 친구들과 웃음소리 가득한 기억들이 스며들었다.

청주극장은 당시 우리 또래에게 영화 한 편으로 꿈과 낭만을 안겨 주던 곳이었다. 성안길 거리에서 간식거리를 사 들고 극장으로 향하던 그 길은 마치 모험의 여정을 떠나는 것처럼 설렜다. 특히 겨울철, 철 당간 주변에 눈이 소복이 쌓이던 날 고즈넉한 철 당간은 새하얀 눈과 어우러져 고요한 분위기를 자아냈고, 번잡한 사람들의 왕래와 소음 속에서도 묵묵히 그 자리를 지키고 있었다. 청주극장은 이제 사라졌지만, 철 당간은 그 자체로 변하지 않는 시간의 상징이 되어 내 기억 속 그 시절의 나를 고스란히 불러냈다.

청주를 떠난 지 수십 년 만에 모처럼 성안길(옛 본정통) 거리를 찾았다. 한때 학창 시절의 추억으로 가득했던 거리였지만, 다시 발걸음을 옮긴 그곳은 낯선 풍경으로 변해 있었다. 성안길 거리는 이제 다양한

교차로에 선 삶의 무대

청주 성안길(본정통) 거리 철 당간

조형물들로 새롭게 단장되어 있었고, 거리 곳곳에는 현대적인 감각이 더해져 과거의 흔적을 거의 찾아볼 수 없을 정도로 변화해 있었다.

한때 반겨 주던 소박한 상점들은 대부분 사라졌고, 익숙했던 골목의 모습도 더 이상 남아 있지 않았다. 그러나 우체국 건물과 철 당간만큼 은 세월의 흐름 속에서도 변하지 않고 그 자리에 그대로 서 있었다.

청주 성안길 거리

청주 성안길 우체국 앞 거리

서구의 유명 광장에는 마치 광장의 상징물처럼 방첨탑이라 불리는
오벨리스크가 서 있다. 이 오벨리스크는 도시의 랜드마크로서 강렬한
상징성, 다수가 공유할 수 있는 집단성, 쉽게 기억하고 전달할 수 있는
공공 이미지 등의 원형이 되어 준다. 오벨리스크는 고대 이집트 시기
이집트인들이 태양신인 Ra를 상징하기 위한 기념비로, 이집트의 태양
신이 오벨리스크 안에 존재한다고 믿으면서, 신전이나 영묘의 양쪽에
세웠다. 그런 이집트의 오벨리스크를 가져다가 유럽의 도시 광장에 세
움으로써 사람들의 이목을 쉽게 집중시켰다. 바닥은 굵은 사각형 모양
이며, 위로 가면서 가늘어지고, 끝으로 가면서 뾰족해지는 모양의 형
태에서 뿜어져 나오는 위용은 사람들을 압도하기에 충분하였다.

튀르키예 이스탄불 히포드럼 광장 오벨리스크

전 세계에 흩어져 있는 이집트산(産) 오벨리스크 숫자는 27개로 이

교차로에 선 삶의 무대

프랑스 파리 콩코드 광장 오벨리스크

집트에 8개, 이탈리아에 11개, 영국에 4개, 프랑스에 1개, 폴란드에 1
개, 미국에 1개, 튀르키예에 1개 등이 존재한다. 어이없게도 이탈리아
가 원산지인 이집트보다 더 많은 오벨리스크를 보유하고 있는 것은 아
이러니가 아닐 수 없다.

　2003년 11월 로마의 성 베드로 성당 광장에서 처음으로 오벨리스크
를 보았다. 이탈리아에는 이외에도 판테온 신전 앞 광장의 오벨리스
크, 포폴로 광장의 오벨리스크 등 대부분 로마 제국 시대 때 반출한 것
들이다.

　2007년 12월과 2015년 9월에는 이스탄불의 히포드럼 광장에 있는 오
벨리스크를 만났다. 이스탄불 히포드럼 광장의 오벨리스크는 고대 이
집트 파라오 투트모스 3세 시절의 것으로 기독교 시대에 반출하였다.

2011년 2월에는 영국 런던의 템즈강 변에 있는 오벨리스크와 프랑스 파리의 콩코드 광장에서 오벨리스크를 보았다.

2017년 9월에는 파라오 투트모세 3세(B.C 1479~1425)에게 헌정된 오벨리스크였으나 이집트 총독 이스마일이 미국에 선물하여 뉴욕 센트럴 파크에 세워져 있는 오벨리스크를 볼 수 있었다. 여러 강대국에 흩어진 오벨리스크들을 대부분을 둘러본 뒤 오벨리스크의 원산지가 궁금해졌다. 이집트는 2009년 11월, 카이로, 기자 피라미드, 알렉산드리아를 여행했고, 2018년 3월에 두 번째로 이집트의 룩소르와 아스완, 아부심벨 지방을 여행했다.

이집트 룩소르 신전 앞 오벨리스크

룩소르에는 룩소르 신전 앞에 좌우로 2개의 오벨리스크가 있었으나

교차로에 선 삶의 무대

오른쪽 1개는 1830년 이집트 총독이 프랑스 왕에게 기증하여 파리의 콩코르드 광장으로 옮겨져서 왼쪽에만 오벨리스크가 남아 있다. 카르나크 신전의 제3 탑문과 제4 탑문 사이에 투트모스 1세, 투트모스 2세, 투트모스 3세, 하셉수트 등 4개의 오벨리스크가 있었으나 지금은 투트모스 1세와 한셉수트 1개만 남아 있고, 투트모스 2세 1개는 로마의 라테라노 성당 앞 광장으로, 투트모스 3세 1개는 이스탄불의 히포드롬 광장으로 옮겨져 있다.

유럽의 광장에서 보았던 오벨리스크와 룩소르에 있는 이집트 신전들에 있는 오벨리스크의 모습은 경건함에서 사뭇 느낌이 달랐다. 이렇게 전 세계로 흩어지게 될 오벨리스크의 향방을 예측하지 못했을 고대 이집트인들의 손 망치질이 느껴질 듯한 오벨리스크를 채굴하던 현장인 아스완 지방의 석산에는 3,500년 전 이집트인들이 초대형 오벨리스크를 만들기 위해 산처럼 커다란 화강암 바위를 쪼다가 바로 전에 포기한 듯한 미완성의 오벨리스크가 그 당시의 흔적을 말하듯 남아 있다.

요즘과 같은 착암기, 폭약 및 폭파 기술, 크레인 장비 등이 없이 오로지 인력에 의존해서, 3,500년 전에 세웠던 '오벨리스크'의 채석, 운반, 설치에 관한 기술은 감탄과 놀라움을 금치 못하게 한다.

솟대, 철 당간, 오벨리스크는 모두 각각의 시대와 문화 속에서 독특한 맥락을 형성하지만, 궁극적으로 인간이 신성한 영역과의 연결을 통해 안전과 번영을 기원하는 공통된 마음을 담아내고 있음을 알 수 있다. 이러한 기둥 형태의 구조물들은 형태와 기능은 다소 다를지라도, 인간 사회에서 상징으로서 지속적으로 중요한 위치를 차지하며, 권위와 질서, 신앙과 연대를 표현하는 데 있어 변하지 않는 가치를 지니고 있다.

14

골프

어려서 동구 밖 뒷산 마루, 평평한 언덕에서 해가 질 때까지 동네 또래들끼리 패를 갈라 공을 찼던 추억이 아련하다. 살아 가면서, 휴일 등의 쉬는 날에 찾아가 적당한 시간을 보낼 수 있

석촌호수

는 장소들이 집 근처에 있게 마련이다.

결혼 후 송파에 살면서부터는 휴일이면 가족과 함께 '올림픽공원'과 '석촌호수'를 주로 찾았다.

20년 이상 한국의 가족과 떨어져 해외 현장에서 근무할 때는 그 지역의 골프장들이 그런 장소 역할을 대신했다.

해외에서 단신 부임으로 지내면서 휴일에 할 수 있는 여가 활동 중에 골프가 가장 대표적이다. 여러 현장을 거치면서 함께했던 많은 선배, 동료들과 즐거웠던 시간들이 이제는 세월의 흔적과 함께 추억이

묻어나는 아련한 장소들이 되었다. 1993년 말레이시아 쿠알라룸푸르 암팡의 '다룰 에산 GC'에 있는 Driving range의 레슨코치 Mr 베리에게 처음 골프를 배웠고, 이곳에서 처음으로 필드를 밟아 보았다.

말레이시아 쿠알라룸푸르 '다룰 에산 GC' Driving range

베리 코치는 연습장에서 레슨도 하지만 3명을 모아서 필드 레슨을 하면서 같이 라운딩을 해 주었다. 당시 말레이시아 쿠알라룸푸르에는 삼성물산에서 'MNI', 'LUSAKA', 'KLCC' 등 세 개 현장이 함께 진행되면서 '다룰 에산 GC'의 Driving range는 일과 후에나 휴일에는 삼성물산 직원과 가족들을 포함한 한국인들로 넘쳐났다. 이 연습장은 특이하게도 타석이 호수를 향하고 있고, 날아간 공은 호수로 떨어지는데 연습용 공이 물에 뜨는 공이라서 보트를 타고 공을 수거했다.

1994년에는 쿠알라룸푸르 근교에 있는 '방이 GC'의 연 회원권을 사

교차로에 선 삶의 무대

서 휴일에 운동을 하면서 정식으로 골프에 입문하였다. 싱가포르 현장 근무 시에는 현장에 붙어 있었던 '주롱 CC', 말레이시아 조호바루의 '팜 빌라 GC', '팜 리조트 GC', '탄종 푸트리 GC' 등을 많이 이용하였다. 특히 싱가포르 JTC HQ 현장 옥상에서는 '주롱 CC'의 전반 9홀 전체가 한눈에 들어오는데 특히 야간 라이트에 비친 초록의 페어웨이는 늘 가슴을 뭉클하게 하였다.

싱가포르 주롱 JCC

대만 타이베이 현장 근무 시에는 타이베이 근교의 '릴리 CC'를 주로 다녔고, UAE 두바이 현장 근무 시에는 '몽고메리 GC', '엘스 GC', '에미레이트 GC' '아부다비 GC' 등을 이용하였다. 사우디 리야드에는 '리야드 GC'가 있는데, 도심에서 15분 거리에 있고, 50매씩 쿠폰 구매로 회원에 준하는 대우로 이용할 수 있었다. 인도 뭄바이에 근무할 때는 영국 식민지 시대에 만들어 놓은 '웰링턴 CC'와 '챔부 CC' 2개가 도심에 있는데, 멤버 전용이라서 이용이 거의 어려웠지만 리셉션에 웃돈을 주고 사이 사이에 끼어서 라운딩을 하였다. 뭄바이 교외의 나비뭄바이에 있는 퍼블릭 '카르가르 GC'는 선착순이라서 오히려 더 자주 이용하였다.

방글라데시 다카 '꾸미똘라 GC'

방글라데시의 다카에도 '꾸미똘라 GC'가 아파트에서 15분 거리에 가까이 있어서 매주 휴일 라운딩을 하였다.

방글라데시는 인도에 비해 골프 인구가 적고, 이곳은 선착순이라서 무조건 골프장으로 향하면 앞에 3~4팀만 기다리면 18홀 라운딩을 시작할 수 있다. 캐디는 1인 1캐디이고 골프 백을 캐디가 메고 다니면서 공이 떨어진 곳에 공을 찾아 미리 가 있기 때문에 나름 매우 편리한 편이었다.

교차로에 선 삶의 무대

싱가포르 근무 시 말레이시아 조호바루의 '팜빌라 GC'에서 처음으로 라이프 베스트 스코어인 싱글(+7)을 경험하였고, UAE 두바이 근무 시 '몽고메리 CC'에서 홀인원을 경험하였지만, 이글은 아직 경험해 보지 못했다.

대만 타이베이 근무 시에는 타이베이 101타워 회장 배 골프대회에서 핸디 대비 최저타 기록으로 참가자 중에서 우승을 차지해서 발주처 회장으로부터 관군(챔피언) 트로피를 받기도 하였다.

대만 타이베이 101타워 회장 배 골프 대회 우승 기념

기억에 남는 라운딩으로는 싱가포르 현장 근무 시 구정 연휴 4일 동안 인도네시아 바탐 섬에 가서, 현장 동료들과 낮에는 36홀, 밤에는 엔터테인먼트로 Full time을 보냈던 오기의 라운딩, 두바이 몽고메리 CC에서 소장님과 직원들이 가벼운 내기를 하면서 해가 져서 카트의 헤드라이트로 그린을 비춰 가면서 마지막 홀을 마무리했던 라운딩, 반드시 운동화를 신어야 입장이 되는 아부다비 사막 모래 골프장의 기름 냄새 나는 모래로 된 포대 그린과 휴대용 매트를 갖고 다니면서 공을 얹고 치는 우스꽝스러운 라운딩, 남아공 케이프타운 여행 도중, 그곳 교포들과 우연히 함께 한 라운딩 등이고, 사이판에서 남태평양이 내려다보이는 황홀한 풍경의 '라오라오베이 CC'에서의 라운딩이 가장 풍경이 좋은 곳으로 기억되고, 미국의 캘리포니아 해변에 있는 명문클럽 '페블비치'는 직접 라운딩은 못 하고, 둘러보기만 했는데도 아주 좋았고, 국내에서는 곤지암 골프장의 조경이 인상적이었다.

특히 사이판 라오라오 베이에서의 라운딩은 단순한 골프를 넘어 가족과 함께한 특별한 추억이었다. 여동생 내외와 조카 윤민이와 함께한 이번 라운딩은 우리 가족에게 뜻깊은 시간을 선사했

사이판 라오라오 베이 골프 클럽(2023년 5월)

으며, 그중에서도 조카의 활약은 모두를 놀라게 했다. 아침 일찍 리조트 현관 앞에서 골프 카트를 타고 티잉 그라운드로 이동하는 순간, 윤민이는 다소 긴장한 표정을 짓고 있었다. 윤민이의 샷은 그날 라운딩 내내, 그는 힘찬 스윙으로 공을 멀리 날려 보내며 우리의 예상을 거듭 뛰어넘었다. 여동생은 아들의 샷을 동영상으로 촬영하며 자랑스러워했다. 15번 홀, 절벽과 바다가 어우러진 멋진 풍경 속에서의 라운딩은 하이라이트였다. 서코스에서도 윤민이의 활약은 계속되었다. 벙커나 워터 해저드가 많은 도전적인 코스에서도 그는 기죽지 않고 힘찬 스윙을 선보였다. 라운딩이 끝난 후 리조트로 돌아와 함께 즐긴 저녁 식사 자리에서 우리는 하루 동안의 골프 이야기를 나누며 웃음을 터뜨렸다. 라오라오 베이에서의 골프 라운딩은 단순한 스포츠가 아닌, 가족과 함

교차로에 선 삶의 무대

께 웃고 놀라고 즐긴 특별한 추억이었다. 특히 조카의 장타는 그날의 분위기를 더욱 뜨겁게 달궜고, 남태평양의 절경과 어우러져 우리 모두에게 평생 잊지 못할 경험으로 남았다.

두바이에서 근무하던 시절, 세계적인 골프 대회를 직접 관람할 기회를 얻은 것은 덤으로 얻는 큰 행운이었다.

2008년 2월 유러피언 투어(UAE 에미레이트 G.C)

특히 두바이는 단순히 사막 도시라는 이미지를 넘어, 세계적인 스포츠와 문화 행사가 자주 열리는 도시라는 점에서 특별한 매력을 선사하였다. 두바이에서 열리는 국제 대회로 에미레이트 골프 클럽(Emirates Golf Club)에서 열리는 남자 PGA 투어와 여자 LPGA 투어 대회에서 휴일에 벌어지는 마지막 라운드에 갤러리로 참여하였다. 두바이에서 개최되는 스포츠 대회는 현지 거주자와 방문객들에게 폭넓은 참여 기회를 제공하였다.

첫 번째로 관람한 대회는 남자 PGA 투어에서 타이거 우즈가 출전한 경기였다. 그가 우승을 차지한 대회의 마지막 라운드는 현지에서도 큰 화제를 모았고, 골프 팬들 사이에서는 꼭 봐야 할 경기로 여겨졌다. 두 번째로 관람한 대회는 여자 LPGA 투어의 두바이 레이디스 마스터스 였으며, 이 대회는 특히 애니카 소렌스탐의 은퇴 무대로 더욱 특별한 의미를 가졌다.

LPGA 투어의 두바이 레이디스 마스터스 애니카 소렌스탐 고별전

그녀가 마지막 프로 대회에서 어떤 모습을 보여줄지 기대하며 갤러 리로 참여했던 그날은 정말 잊지 못할 경험으로 남아 있다.

교차로에 선 삶의 무대

15

잡담(雜談)

　인도 뭄바이 현장에서 현장 소장으로 근무하면서 어떻게 하다 보니 점심 식사 후 몇몇 후배 직원들과 현장 근처 스타벅스에서 잡담을 나누는 게 일상이 되었던 적이 있다. 행여 어려운 선배가 끼어 식사 후 쉬고 싶은데도 억지로 끌려 나오는 건 아닌지 우려도 되었지만, 의외로 이런 시간을 즐기고 싶어하는 직원들이 꽤 있어서 자연스럽게 그들과 함께하는 현장 일과 중 휴식을 찾는 루틴이 되었다.

인도 뭄바이 DAICEC 현장 점심시간 직원들과의 커피 모임

또한 사무실에서도 일부 직원들과 가능하면 시간 나는 대로 잡담을 나누고 싶을 때가 있었고, 그런 잡담을 할 수 있는 후배들이 있어 감사했다.

커뮤니케이션 전문가인 사이토 다카시 교수의 '잡담이 능력이다'라는 책 속의 끝맺음 말이 강한 인상을 준다. '잡초처럼 강한 잡담이 깊은 관계를 만든다.' 보통 '잡담'이라고 하면 쓸데없이 주고받는 말이거나 시간을 때우기 위해 잠시 상대와 이야기하는 정도라고 생각한다.

모든 커뮤니케이션, 모든 관계는 '잡담'에서 시작된다. 대수롭지 않은 잡담 속에는 그 사람의 인간성과 사회성이 응축되어 있다. 잠깐의 잡담을 통해 상대의 속마음을 간파해 낼 수 있을 뿐만 아니라 상대에게 자신의 매력을 어필할 수도 있다. 잡담은 단순한 대화 능력이 아닌 커뮤니케이션 능력인 것이다. 어색한 분위기를 화기애애하게 만들어 상대와의 거리를 좁혀 주는 능력인 잡담의 능력을 키우면 일도 인간관계도 원만하게 풀 수 있다.

대만 타이베이 101타워 현장에 근무하면서 가장 많이 들어 본 말 중에 하나가 관계라는 뜻의 '꽌시(關係)'이다. '꽌시'의 출발도 어찌 보면 '잡담'에서 출발할 수 있다. 타이베이 101타워 현장에서 근무하면서 가장 큰 도전 중 하나는 대만 발주처와 협력 업체와의 관계, 즉 '꽌시(關係)'를 형성하고 유지하는 일이었다.

한국과는 사뭇 다른 대만의 비즈니스 문화 속에서, 업무적인 성과만큼이나 인간관계가 중요하다는 것을 실감했다. 발주처와 협력 업체는

대만 타이베이 101타워 발주처 회장 및 발주처 사람들과 함께

단순히 계약 관계로 묶인 파트너가 아니라, 서로의 신뢰와 이해를 바탕으로 긴밀하게 협력해야 할 동반자였다. 이러한 관계를 잘 유지하는 데 있어서 중요한 역할을 했던 것이 바로 잡담과 같은 소소한 대화였다.

발주처의 담당자들과 처음 만났을 때, 그들은 프로젝트에 대한 구체적인 이야기보다 서로에 대해 알아 가려는 태도를 먼저 보였다. 어떤 음식을 좋아하는지, 대만 생활은 어떤지, 가족은 어떻게 지내는지와 같은 질문이 이어졌다. 처음에는 왜 이렇게 사소한 이야기를 중요하게 생각하는지 이해하지 못했지만, 점차 이런 잡담이 '꽌시'의 시작점이라는 것을 깨닫게 되었다. 잡담을 통해 우리는 단순한 업무 관계를 넘어 인간적인 연결점을 찾았고, 이를 통해 발주처의 담당자들은 나를 더 신뢰하게 되었다.

대만 타이베이 101타워 현지 직원들과의 회식

 협력 업체와의 관계에서도 '꽌시'는 중요한 역할을 했다. 대만의 협력 업체들은 단순히 지시를 따르는 하청 업체가 아니라, 프로젝트의 성패를 좌우하는 중요한 파트너였다. 이들과의 '꽌시'는 서로를 동등하게 존중하고 이해하는 데서 출발했다. 나는 프로젝트 진행 중 발생한 문제를 해결하는 과정에서 이들과 적극적으로 소통하며, 그들의 의견을 경청하고 상황을 이해하려고 노력했다. 특히, 공식적인 미팅이 끝난 후 자연스럽게 이어지는 식사 자리나 티타임에서 나눈 잡담은 업무 시간에는 나오지 않던 솔직한 의견과 조언을 듣는 기회가 되었다.

 발주처와 협력 업체 모두 '꽌시'를 중시했기 때문에, 이들과의 관계를 잘 유지하는 것은 프로젝트의 성공에 필수적이었다. 예를 들어, 현장에서 예상치 못한 문제가 발생했을 때, 나는 이미 쌓아 온 '꽌시' 덕분에 발주처와 협력 업체의 적극적인 지원을 받을 수 있었다. 그들은

교차로에 선 삶의 무대

단순히 계약상의 의무를 넘어, 나의 요청에 대해 신뢰와 호의로 응답해 주었다.

이처럼 발주처와 협력 업체와의 '꽌시'는 단순한 업무적인 관계를 넘어서, 서로의 신뢰와 이해를 바탕으로 지속 가능한 협력관계를 구축하는 데 핵심적인 역할을 했다. '꽌시'는 말로만 설명할 수 없는 미묘한 감정과 상호 존중에서 시작되었고, 잡담을 포함한 일상적인 교류를 통해 점점 단단해졌다. 이 경험을 통해, '꽌시'가 단순히 대만 비즈니스 문화의 특수성이 아니라, 글로벌 환경에서도 성공적인 협력을 이끄는 중요한 요소라는 것을 깨달았다.

우리는 매일같이 잡담을 해야 할 순간에 처하고, 또 매일같이 잡담을 하며 살아간다고 해도 과언이 아니다. 잡담은 모든 관계를 시작하는 첫 관문이다. 잡담은 화술이 아니다. 잡담은 타인에게 신뢰와 믿음을 줌으로써 사회성 있는 사람이라는 평가를 받는 데 결정적인 역할을 한다.

삼성물산에서 정년퇴직한 후, 늦은 나이에 새로운 도전으로 현재의 제2의 직장인 건원 엔지니어링에 입사했을 때, 새로운 환경에서 본사와 현장의 CM 단장들, 그리고 다양한 팀원들과 관계를 맺는 것은 또 하나의 과제였다. 그러나 다행히도, 과거 해외 여러 나라에서 현장 소장으로 근무하며 다양한 Stakeholder들과 소통했던 경험과 그 과정에서 자연스럽게 익힌 잡담 능력과 사교술이 크나큰 도움이 되었다. 이러한 경험 덕분에 새로운 직장에서도 빠르고 자연스럽게 적응할 수 있었다.

특히, 현재 속해 있는 PCM 본부의 PD 업무는 수많은 이해관계자와의 소통과 협업이 필수적인 업무를 수행하는 역할이다. 기술자들과의 관계를 형성하고 업무 효율을 높이기 위해 잡담은 중요한 역할을 했다. 때로는 오후에 회의실에서 다과와 함께 가벼운 잡담의 시간을 가지며, 단순히 업무 이야기가 아니라 일상적인 관심사나 각자의 경험을 나누는 자리도 마련되었다. 이런 시간들은 동료들 간의 거리를 좁히는 큰 역할을 했다.

건원 엔지니어링 PCM 본부 동료들과의 오후 다과 타임

잡담은 대화를 통해 서로를 알아 가고, 신뢰를 쌓는 출발점이었다.

교차로에 선 삶의 무대

가벼운 농담에서부터 각자의 가족 이야기나 취미생활에 대한 공유까지, 이런 소소한 대화들이 팀 내 분위기를 유연하고 화기애애하게 만들었다.

발언 하나에서 상대방의 성향이나 관심사를 파악할 수 있었고, 이를 통해 서로 더 잘 이해할 수 있는 계기가 되었다. 새로운 환경에서는 각기 다른 배경과 경험을 가진 사람들과 소통해야 했는데, 나는 과거 경험에서 배운 대로 칭찬을 곁들인 가벼운 대화를 통해 그들과 공통점을 찾고 관계를 다졌다. 예를 들어, 어떤 현장 단장이나 팀원이 처음엔 딱딱하고 거리감 있게 느껴지더라도, 칭찬과 잡담을 통해 서로의 생각과 일하는 방식을 이해하며 친밀감을 형성할 수 있었다.

결과적으로, 잡담은 새롭게 들어온 조직에서 관계를 공고히 하는 데 있어 필수적인 도구였다. 단순히 사교적인 기술이 아니라, 인간관계의 윤활유로서 중요한 역할을 했다. 이러한 과정을 통해, 어느 조직에서나 잡담과 사교술이 인간관계를 형성하고 팀워크를 강화하는 데 있어 강력한 힘을 발휘한다는 것을 다시금 깨닫게 되었다. 지금도 잡담을 통해 동료들과 공감대를 형성하고, 새로운 업무 환경에서도 자신감 있게 적응해 나가고 있다.

16

문신(文身)

얼마 전부터 수면의 질을 높이기 위해서 유산소 운동에 더해서 근육을 키우라는 의사의 조언을 들었다. 이를 계기로 헬스장에 등록하고 P.T(퍼스널 트레이닝)를 받기 시작했다. 근육 운동은 처음에는 낯설었지만, 트레이너의 도움을 받아 가며 점차 몸의 변화와 함께 새로운 활력을 얻기 시작했다.

헬스장에서 운동을 하다 보면 탈의실에서 울룩불룩한 근육을 가진 청년들을 자주 마주치곤 했다. 그들 중에 일부는 몸에 문신이 더해져 독특한 개성을 드러내고 있었다. 근육을 키우는 노력은 충분히 이해할 수 있었지만, 몸에 새겨진 문신을 보며 어떤 생각으로 저런 문신을 선택했을까 하는 궁금증이 자연스럽게 떠올랐다. 그들에게 문신은 단순히 외적인 표현일까, 아니면 삶의 의미나 기억을 담은 흔적일까 하는 생각을 해 보게 되었다.

인도에 오랫동안 살면서 여인들의 손에 헤나 문신을 하는 걸 자주

보았다. 헤나는 단순한 장식 이상
의 의미를 담고 있었다. 인도의
헤나 문신은 보통 결혼식이나 축
제와 같은 특별한 날에 행해지며,
전통적으로 신부의 손과 발에 정
교한 문양을 그리는 의식에서 그
중요성이 두드러진다.

인도 여인의 헤나 문신

결혼식에서 헤나는 단순히 아
름다움을 표현하는 것에 그치지 않고, 신부의 건강과 행복을 기원하는
상징적인 의미를 담는다. 신부의 손에 새겨진 헤나 문양이 오래 유지
될수록 결혼 생활이 행복할 것이라는 속설도 전해진다. 또한, 헤나는
다양한 문화적, 종교적 상징을 담고 있다. 힌두교에서 헤나는 부정한
기운을 막아주고 긍정적인 에너지를 불러오는 보호막으로 여겨진다.
특정 문양은 행운, 사랑, 풍요로움을 상징하며, 각각의 패턴은 그 자체
로 이야기를 담고 있다.

헬스장에서 마주친 문신이 현대적인 자기표현과 강인함을 드러낸다
면, 인도의 헤나는 전통과 문화, 그리고 공동체적 연대감을 상징했다.
이처럼 문신은 그 형태와 의미가 다르더라도, 결국 자신을 표현하고
특별한 순간을 기록하고자 하는 인간의 보편적인 욕구를 담고 있다는
점에서 연결될 수 있다는 생각이 들었다.

인도의 헤나 문신은 고대부터 이어져 내려온 전통적인 예술 형태로,

그 기원은 약 5,000년 전으로 거슬러 올라간다. 헤나는 헤나 나무의 잎을 갈아 만든 천연 염료로, 주로 손과 발에 문양을 그리는 데 사용되어 왔다. 헤나 문신은 인도뿐만 아니라 중동, 북아프리카, 남아시아의 여러 지역에서 행해져 왔으며, 지역과 문화에 따라 다양한 문양과 의미를 지니게 되었다.

헤나 문신은 주로 결혼식, 축제, 종교 의식과 같은 특별한 행사에서 사용되지만 평상시에도 함께 근무하던 인도 현장의 여직원들의 손에서도 자주 볼 수 있는 흔한 모습이었다.

2007년 12월 UAE 두바이 사막 사파리 투어(헤나 문신 체험)

인도의 헤나 문신은 시간이 지나며 현대적인 요소와 결합되기도 했다. 전통적인 문양과 현대적인 디자인이 조화를 이루며, 결혼식뿐 아니라 축제, 파티, 개인적인 취향에 따라 헤나를 새기는 경우가 늘어났다. 또한, 인도 문화의 세계화와 함께 헤나 문신은 전 세계적으로 인기를 얻으며 다양한 문화권에서 창의적인 방식으로 재해석되고 있다.

이처럼 인도의 헤나 문신은 단순한 장식이나 예술의 형태를 넘어, 오랜 역사와 문화를 반영하며 사람들의 삶과 신념 속에서 중요한 역할을 해왔다. 헤나 문신은 과거와 현재, 전통과 현대를 잇는 다리로서, 인도 문화의 독창성과 아름다움을 상징하는 대표적인 요소로 자리 잡고 있다.

문신에 대한 생각은 자연스럽게 몸에 새겨진 것이 아닌, 마음에 새겨진 '문신'으로 이어졌다. 눈에 보이지 않는 이 마음의 문신은 때로는 몸에 새긴 문신보다 더 깊고 오래 남아, 우리 삶에 크나큰 영향을 미친다. 이 마음의 문신이 개인의 행동과 관계, 그리고 삶의 방향을 결정짓는 중요한 요소이기도 하다.

마음의 문신은 보통, 겪었던 상처, 아픔, 또는 잊을 수 없는 기억의 잔재로 남는다. 어린 시절의 트라우마, 사랑했던 이와의 이별, 실패에서 오는 좌절 등은 모두 마음에 문신처럼 새겨지며, 시간이 흘러도 쉽게 지워지지 않는다. 때로는 이 문신이 삶을 한 발짝 앞으로 나아가지 못하게 만들기도 하고, 때로는 새로운 사람을 만나고 관계를 형성하는 데에 커다란 장벽으로 작용한다.

누군가는 과거의 상처를 이겨내지 못한 채 스스로를 고립시키고, 새로운 관계를 두려워하며 살아간다. 또는 그 문신의 무게를 감당하지 못해 자신의 감정을 숨기고, 철저히 자신만의 세계 속에 갇히는 모습을 보이기도 한다.

마음의 문신은 다른 이들이 보기에 사소한 것일지라도, 당사자에게는 결코 가볍지 않은 무게일 것이

문신(文身) (from 픽사베이 무료 이미지)

다. 한 번의 실패 경험이 평생 동안 자신감을 잃게 만들기도 하고, 과거의 기억이 물리적인 상처처럼 쉽게 아물거나 지워지지 않고, 오히려 시간이 지날수록 더 깊이 자리 잡는 경우가 많다.

마음의 문신을 치유하는 첫걸음은 이를 인정하고 마주하는 것이라고 생각한다. 자신의 상처를 부정하거나 억누르기보다는, 그것이 삶의 일부라는 사실을 받아들이는 과정이 필요하다. 어떤 이는 어린 시절의 가난과 가족의 부재라는 깊은 마음의 문신을 안고 있었지만 그 문신을 통해 자신이 얼마나 강인한 사람인지 깨달았고, 결국 그 경험을 바탕으로 타인에게 도움을 주는 일을 시작하기도 한다.

결국, 마음의 문신은 우리 각자가 겪은 삶의 흔적이자, 우리가 살아왔던 이야기를 담고 있는 하나의 기록이다. 이 문신을 부끄러워하거나

교차로에 선 삶의 무대

숨기기보다는, 그것을 삶의 일부로 받아들이고, 앞으로 나아가는 힘으로 삼는 것이 우리에게 주어진 또 하나의 과제가 아닐까 생각한다.

마음의 문신 때문에 주변의 관계를 불편하게 만들고, 스스로 주변의 사람들을 멀리하게 하는 모습도 볼 수 있다.

몸의 문신은 다시 지울 수 있으나 마음에 새겨진 문신은 쉽게 지우지 못한다. 마음에 문신이 많으면 많을수록 나이가 들면서 더욱 '꼰대'가 되어 간다. '소소함을 깨달아 간다'고 느끼는 것 자체가 이미 편견에 사로잡히고 있다는 증거이다. '명함의 뒷면'의 저자 '마이크 모리슨'은 이렇게 질문한다. '내가 가진 자부심의 원천이자, 죽어라 달려온 모든 타이틀을 다 떼어 내고 난 후에도 나는 과연 나일까? 모든 타이틀을 떼어 버린다면 무엇을 생존의 무기로 삼을 것인가?'

젊은 한때의 부귀공명을 위해 피투성이가 되는 반짝 인생보다 은퇴 이후의 삶이 훨씬 길다. 젊음이 다 털리고 나이가 차면서 옆으로 시작되는 새로운 여정이다. 함께했던 직장을 퇴직하고, 다들 각자의 길을 걷고 있는 수많은 선배, 동료들의 모습에서 나이듦에 대한 거울을 보게 된다.

크게 성공을 맛보았거나 남들 위에 군림한 적도 없지만, 행여 본인도 모르는 마음의 문신이 새겨지지 않도록 다짐해 본다.

#17

외가댁(外家宅)

누구나 외가댁에 대한 향수 (鄕愁)를 갖고 산다. 인도와 방 글라데시에 살면서 늘 마주했 던 재래시장의 순박한 풍경들, 그리고 전통 복장을 입은 아낙 네들의 모습은 어렸을 적, 모시 나 베적삼 차림의 외갓집 빨래

인도 뭄바이 장날 인도 전통 복장을 입은 여인들

터에서 뵈었던 아주머니들의 모습이 연상되면서 외가댁 향수(鄕愁)에 젖게 하였고, 세월을 거슬러 올라가 어린 시절의 외가댁 풍경과 자꾸 만 오버랩되었다. 해외 생활로 삶이 찌들수록 아이러니하게도 어린 시 절이 더욱 그리워질 때가 많았다.

흙먼지 나는 신작로 길, 마을 입구로 들어서면 옹기종기 야트막한 돌담길, 집집마다 주렁주렁 매달린 감나무, 골짜기 맑은 물이 흐르는 정겨운 동네 빨래터 등이 문득 떠오르는 외가댁 풍경들이다.

교차로에 선 삶의 무대

어머니께서는 어린 시절, 여름 방학이 되면 초등학생 아들을 데리고, 시외버스 터미널 앞에서 소고기 한칼과 제철 과일을 한 봉지 사신 뒤, 시외버스를 타고 한참을 가다가 500년 고목이 된 은행나무가 서 있는 '으능징이' 입구에서 내렸다. 은행나무 정자가 있어 '으능징이'라고 불렸다고 한다.

외가댁 마을 입구 은행나무

외가댁 마을은 '으능징이' 마을 뒤쪽 너머의 은행리 2구 '농골' 마을로 저수지와 울창한 산림으로 뒤덮인 시루봉 산자락 사이에 아늑히 안겨 약 150여 가구가 한 폭의 동양화처럼 전원 마을을 이루고 있는 충주 지씨 집성촌이었다.

최명희 선생의 대하소설 '혼불'을 읽으면서 이야기 속에 주 터전이 되는 '매안 마을'이 외가댁의 풍경들과 매우 흡사하다는 느낌을 받았다.

외가댁 마을 입구 '충주 지씨' 집성촌 표지석

'농골 마을'에서도 외가댁은 맨 꼭대기에 있었고, 은행나무 앞 버스 정류장에서 내리면, 집과 집 사이에 나지막한 높이의 돌로 쌓은 담장 사이로 난 조붓한 언덕길을 한참을 걸어 올라가야 했다. 아랫집과 윗집 사이에는 어김없이 돌을 쌓아 만든 축대의 돌 틈 사이로 잡초들과 이름 모를 들꽃들로 가득했고, 돌담 안의 집들에는 감나무, 탱자나무, 대추나무들이 담장 너머까지 울창한 그늘을 만들면서 매미들이 요란하게 반겨 주었다.

인도 뭄바이에 근무하면서 정기 휴가 때 본가(本家) 선산(先山)의 어머님 산소에 들렀다가 외가댁 마을을 둘러보고 싶은 생각과 함께 얼마나 변했을까 하는 궁금함과 어렸을 적 어머니와 함께 들렀던 추억들이 떠올라 외가댁 마을로 향했다.

군 입대 전에 외조부님께 인사드리러 외가댁을 찾은 뒤로 수십 년이

　　　　　　　　교차로에 선 삶의 무대

지난 뒤였다. 대부분 집들이 양옥으로 바뀌어 흔적조차 아련하지만 어린 시절의 외가댁은 부엌, 안방, 대청, 건넌방, 사랑채의 전형적인 남부형 ㄱ자 평면 한옥으로, 마당 위의 기단과 전면 툇마루가 방들과 대청마루를 연결해 주는 통로 역할을 하였다. 앞마당은 꽤 넓은 편이었고, 대청마루 앞뒤로 불어오는 살랑바람이 부채질 못지않게 시원하였다. 감나무가 버티고 있던 뒤꼍의 돌담 너머로는 시루봉이라 불리는 야트막한 봉우리가 '농골' 마을을 한눈에 내려다보고 있었다. 시루봉에서 발원한 맑은 물이 마을을 포근히 감돌아 흘러내리고, 나지막이 솟아 있던 바윗돌 주변의 공동 빨래터에 삼삼오오 모여 빨래하던 아주머니들께서 친정 나들이 오는 어머니를 반가이 맞아 주셨다.

'농골 마을 입구 저수지'

예전에는 국립 공원 속리산, 화양동으로 가는 2차선 길목이었는데, 새로운 4차선 도로가 뚫리면서 2차선의 은행나무 앞 구도로는 오히려 안쪽으로 외떨어진 느낌이 들었다. 마을 어귀에서 농골 마을로 가는 돌담 사이의 흙으로 된 언덕길들은 아스팔트 포장으로 넓혀져 있었고, 동네 전체가 양옥집으로 개축해서, 마을 입구의 저수지와 마을 뒤편의 시루봉 말고는 모든 게 못 알아볼 정도로 변해 있었다.

외가댁 마을 뒤편 '시루봉' 전경

마을 입구의 노변(路邊)에 집성촌 종문의 忠州 池氏 안내석은 아직 그대로 남아 있었다. 동네 할머니 한 분을 만나 인사말을 건네 보니 어머니를 잘 알고 있다면서 전혀 다른 모습이 된 옛 외가댁까지 함께 해 주셨고, 집안의 안부까지 물어봐 주시니 더욱 반가웠고, 집성촌의 정서가 약간은 남아있는 듯하였다. 주인이 바뀐 옛 외가댁은 새로운 양

교차로에 선 삶의 무대

옥집이 들어서 있었지만 아랫집과의 경사 때문에 마당 주변으로 돌로 쌓아 만든 축대들은 아직 그대로 남아 있어서 옛날의 정취를 일부나마 느낄 수 있어 다행이었다. 집집마다 정겨웠던 돌담들은 많이 사라졌고, 그 많았던 감나무, 대추나무들도 사라져 아쉬운 마음이 들었지만 모처럼 어머니의 품을 다시 찾은 듯한 추억을 느낄 수 있었다.

외가댁은 많은 한국인에게 어린 시절의 추억과 정서를 떠올리게 하는 특별한 장소다. 외가라는 단어만으로도 어머니의 고향, 외조부모님의 따뜻한 사랑, 그리고 그곳에서 보낸 소박하고 아름다운 시간이 떠오르기 마련이다. 특히 도시에서 자란 세대에게 외가댁은 시골 풍경과 전통적인 삶의 방식을 경험할 수 있는 장소로 기억된다.

외가댁의 전형적인 이미지를 떠올리면 푸른 산과 들판에 둘러싸인 마을이 생각난다. 울타리 대신 돌담으로 둘러싸인 집들, 마당 한편에는 감나무, 대추나무, 호박 넝쿨이 늘어져 있고, 한옥의 툇마루에 앉아 느긋한 오후를 보내는 모습이 그려진다. 특히 여름에는 마당에 옹기종기 모여 앉아 모깃불을 피워 놓고, 참외와 수박을 나눠 먹으며 더위를 식히던 추억이 떠오르기도 한다.

외가댁 하면 빼놓을 수 없는 장소는 방앗간과 빨래터다. 가을 추수철이면 마을 방앗간에서 고소한 참기름 냄새가 진동했고, 외할머니께서 가져가신 쌀이 하얀 가래떡으로 변해 돌아오면 아이들은 그것을 쥐고 행복해했다. 또 마을의 빨래터는 단순히 옷을 씻는 공간을 넘어, 동네 아주머니들의 담소와 웃음이 끊이지 않던 사교의 장이었다.

어머니와 함께 빨래터로 향하던 길에서 느껴지던 설렘은 단순한 노동이 아닌 가족 간의 교감과 추억을 쌓는 시간이었다.

명절이나 방학 때 외가댁에 가는 것은 한편의 여행이었다. 시외버스를 타고 한참을 달리

마을 빨래터 풍경

다 보면 도시에선 보기 어려운 풍경이 펼쳐지고, 그 낯선 풍경 속에서 점점 가까워지는 외가댁 마을의 정취는 아이들의 마음을 설레게 했다. 어머니의 고향이라 더 친근하게 느껴졌고, 외조부모님과 함께하는 시간은 도시에서는 느낄 수 없는 따뜻함으로 채워졌다.

외가댁은 단순히 물리적 공간이 아니라 가족의 유대와 전통, 추억이 살아 숨 쉬는 곳이다. 외가댁에서 보낸 시간들은 시간이 지나도 마음 한구석에서 잔잔한 울림으로 남아, 바쁜 현대인의 삶 속에서 작은 위로와 힘이 된다. 비록 오늘날 도시화와 현대화로 인해 옛 외가댁의 모습은 점점 사라지고 있지만, 그 추억과 정서는 여전히 많은 이들의 마음속에 살아 있다. 외가댁은 어쩌면 우리의 가장 따뜻했던 시간을 담고 있는 마음의 고향일지도 모른다.

교차로에 선 삶의 무대

18

결혼식(結婚式)

    귀국 후 결혼식에 참석하는 일이 부쩍 잦아졌다. 해외 근무할 때에는 대부분 축의금만 온라인으로 보내는 경우가 많았다. 사상 초유의 코로나19 사태 때는 한국에서도 결혼식 참석 인원 제한 등으로 인해 온 국민이 자유롭게 결혼식에 참석하지 못하는 경험을 했지만, 당시 방글라데시에서 근무 중이어서 그 변화가 상대적으로 낯설게 느껴지지 않았다.

2020년 11월 21일 재상&지연 결혼식

코비드 사태가 끝나고 2022년 귀국 후부터는 경조비 지출은 생활비의 큰 부분을 차지하게 되었다. 특히 호텔에서 식사를 겸한 결혼식의 경우, 혼주가 부담하는 식사 비용이 1인당 10만 원을 초과하는 경우가 많아졌다. 부부가 함께 참석할 경우 20만 원을 축의금으로 내더라도 호텔의 음식비에도 미치지 못해, 축하객의 입장에서도 부담이 커졌다.

이러한 변화 속에서 코로나19 이후 바뀐 경조 문화는 축의금을 송금으로 대체하는 흐름을 만들었고, 이는 점차 관대하게 받아들여지고 있다. 이로 인해 시간과 장소의 제약을 덜 받는 참석 방식이 확산되었고, 신랑 신부의 사진이나 영상을 통해 간접적으로나마 축하의 마음을 전하는 새로운 방식이 보편화되었다.

한국의 결혼 문화는 세대와 환경의 변화 속에서 꾸준히 진화해 왔다. 과거에는 전통 혼례가 주요 방식으로 자리 잡고 있었으며, 이는 가족과 지역 사회의 결속을 중시하던 당시의 문화를 반영한 것이었다.

그러나 현대에 들어서면서 결혼식은 점차 간소화되고 실용성을 중시하는 방향으로 변모했다. 특히 최근에는 화려함보다는 소박함과 진정성을 강조하는 '스몰 웨딩'이 새로운 결혼 문화의 한 축으로 자리 잡고 있다. 스몰 웨딩은 이름 그대로 작은 규모로 진행되는 결혼식을 의미한다. 과거에는 많은 하객을 초대하고 성대한 예식을 치르는 것이 일반적이었다. 이는 결혼식이 단순히 신랑 신부의 결합을 축하하는 자리일 뿐아니라, 사회적 과시의 의미를 내포했기 때문이다. 그러나 현대의 젊은세대는 이러한 전통적인 방식에서 벗어나, 진정성 있는 결혼식을 추구

교차로에 선 삶의 무대

하는 경향을 보이고 있다. 스몰 웨딩에서는 가족과 가까운 지인들만 초대하여 결혼식의 의미를 더욱 깊게 만드는 데 초점을 맞춘다.

현대의 신랑 신부는 결혼식을 통해 타인의 시선에 맞추기보다 자신만의 특별한 의미를 담고자 하는 경향이 강해지면서 주례 없는 결혼식과 같은 새로운 형식도 점차 자리 잡고 있다. 과거에는 결혼식에서 주례자의 축사가 필수적인 요소로 여겨졌지만, 요즘에는 신랑 신부가 직접 예식을 진행하거나, 친구나 가족이 사회를 맡아 결혼식을 더욱 친근하고 개성 있게 만들고자 한다. 이는 결혼식의 주인공이 신랑 신부라는 인식을 더욱 강화하며, 형식에 얽매이지 않고 자유로운 결혼 문화를 만들어 가는 흐름을 보여 준다.

2021년 4월 8일 조카(민희&선) 전통 혼례

한국의 결혼 문화에서 나타나는 이러한 변화는 단순히 결혼식의 형식만을 바꾼 것이 아니다. 이는 결혼에 대한 가치관, 인간관계의 중요성, 그리고 사회적 관습에 대한 현대인의 시각 변화를 반영한 결과다. 과거의 전통 혼례에서 대규모 결혼식으로, 그리고 스몰 웨딩으로 이어지는 이 흐름은 세대 간의 차이를 넘어 각자가 추구하는 삶의 방식을 존중하는 사회적 분위기를 형성하고 있다.

해외 8개국에서 근무하면서 각 나라의 결혼식 문화를 골고루 경험하였다. 특히 인도에서는 인도의 최대 부호인 무케시 암바니의 장남인 아카시 암바니의 결혼식장을 직접 건설하고 행사를 준비하는 프로젝트에 현장 소장으로 근무하면서 가장 가까이서 경험할 수 있었다.

인도 뭄바이에서의 두 번째 현장은 '무케시 암바니' 회장의 개인 프로젝트에 가깝다. 삼성물산은 2014년 3월, 아시아 제1의 부호 '무케시 암바니' 회장이 발주한 6억 8천만 불 규모의, 인도 뭄바이 소재 'DAICEC Complex(다이섹 콤플렉스)' 프로젝트를 계약하였고, 몇 차례의 용도 변경에 따른 계약 변경으로 8억 불이 넘게 되었다. 2015년 12월부터 이 프로젝트에 현장 소장으로 부임하면서, 덕분에 인도의 최고 부호들의 결혼식 준비와 결혼식 과정을 아주 가까운 곳에서 직접 경험할 수 있었다.

프로젝트의 하이라이트는 2019년 3월 9일, 무케시 암바니 회장의 장남 '아카시 암바니'의 결혼식이었다. 발주처의 요구에 따라 삼성물산은

교차로에 선 삶의 무대

이 결혼식을 위한 중간 마일스톤으로 외부의 대형 분수, 2천 석 극장, Exhibition Hall, Banquet Hall, Lower Concourse, Upper Concourse 등을 완료해서 '세기의 결혼식'을 위한 공간으로 Hand Over하였다. 발주처에서는 내부 마감과 설비 전기 공사까지 모두 완료된 공간에 추가로 결혼식 행사 전문 업체와 인원을 동원하여 형형색색의 꽃들과 조형물 등을 추가로 설치해서 초호화 결혼식장으로 장식하였다.

2019년 3월 인도 뭄바이 아카시 암바니 결혼식 피로연 분수 쇼

삼성물산도 결혼식 행사를 지원하기 위해 본사에서 MEP 전문가 수십여 명이 결혼식 한 달 전부터 출장 지원을 나와서 현장 팀원들과 함께 주야로 24시간 대기하면서 행사 중에 단전, 누수, 화재, 가시설의 붕괴 등의 비상 상황이 발생하지 않도록 대비하였다. 이 결혼식에는 그룹 이재용 회장이 초대되었고, 삼성물산의 CEO도 두 차례나 현장을 사전 방문하였다. 영국의 토니 블레어 전 총리, 반기문 전 유엔 사무총장, 구글 CEO, 마이크로소프트 CEO, 코카콜라 CEO 등의 재계, 인도 정치, 경제, 연예계의 VIP 등 2만 5천여 명의 하객들이 초대되어, 첫날의 결혼식 행사와 5일 동안의 야외 분수 쇼, 극장 스페셜 공연과 식음 서비스까지 제공되는 피로연으로 이어졌다.

2019년 3월 인도 뭄바이 아카시 암바니 결혼식 연회장 피로연

결혼식 전부터 수많은 인원이 동원되어 엄청난 분량의 생화를 반입하여 꽃들이 오래 버틸 수 있는 고깔 모양의 물이 담긴 깔때기에 줄기를 꽂아 벽에 설치하는 모습들, 러시아에서 초대해 온 무용수들이 인도 무용수들과 호흡을 맞추면서 분수 쇼와 인도 음악에 맞춰 리허설을 하는 모습들, 세계 유명 분수 쇼 제작팀, 극장 운영팀이 동원된 모습들은 매우 인상적이었다. 함께했던 현장 팀원들과 본사 전문가들의 노고

교차로에 선 삶의 무대

덕분에 사소한 해프닝도 없이 초대형 행사가 잘 마무리되어, 현장 소장으로서 감사의 마음과 보람도 느낄 수 있었다.

인도 사람들에게는 결혼식이 자신들의 부와 명성을 맘껏 자랑하고 뽐내는 기회이다. 모든 인도 사람들이 결혼식을 위해 가진 모든 것을 총동원해서 최고로 호화롭게 결혼식을 하는 것으로 유명하다.

2019년 3월 신랑 아카시 암바니 결혼식 전 퍼레이드

특이한 것은 예나 지금이나 인도에서의 결혼 95%가 중매로 결혼하는 풍속은 전혀 바뀌지 않고 있다는 것이다. 인도의 결혼은 기본적으로 종교적 행사로 여겨지며 딸을 시집보내는 것은 비슈누 신에게 딸을 바치는 것과 같은 의미를 갖기 때문에 결혼식 과정은 종교 의례에 가깝다. 본격적인 결혼식은 신랑 친척들이 악대를 대동하고 춤을 추며 흰 말을 탄 신랑과 함께 결혼식장에 들어서는 것으로 시작된다. 결

혼식은 화롯불로 상징되는 '아그니 신'을 증인으로 모신 자리에서 힌두교 성전인 베다 성구를 읊는 가운데 거행된다. 신랑과 신부는 옷자락을 서로 묶어 하나가 되었음을 공표하고 화롯불 주변을 네 번 돌면서 사랑과 부, 덕행, 영혼의 안식을 기원한다. 이어 신랑은 신부에게 금과 검은 구슬로 된 '망갈수뜨라(결혼 목걸이)'를 걸어 주고 신부의 이마에 붉은 '신두르'를 찍어 결혼한 여성임을 표시한다. 친척들이 새로 탄생한 부부에게 꽃을 뿌려 축복해 주는 것으로 결혼식은 끝난다.

2019년 3월 인도 뭄바이 아카시 암바니 결혼식

사우디아라비아 리야드에 근무하면서 리야드 법인의 PRO인 Mr. 모하메드의 딸 결혼식에 참석한 적이 있다. 저녁 8시에 결혼식을 한다고 해서 시간에 맞춰 결혼식을 하는 장소로 갔는데 결혼식을 할 기미조차 보이지 않았다. 흥겹게 춤을 추고 노는 시간이 이어지다가 밤 11시가

교차로에 선 삶의 무대

되어서야 음식이 나오면서 결혼식이 시작되었다.

사우디아라비아 결혼식 전 하객들이 춤을 추는 여흥 시간

결혼식은 사우디아라비아에서 매우 중요한 가족 행사 중 하나이며, 그들의 문화와 전통을 나타내는 중요한 부분이다. 사우디아라비아의 결혼식은 굉장히 화려하며, 가족, 친구, 이웃, 동료 등 수백 명 이상의 손님이 참석하기도 한다.

결혼식 준비는 여러 단계로 이루어지며, 일반적으로 약 6개월에서 1년 정도의 시간이 소요된다. 먼저, 신랑 측과 신부 측은 '마흐르(Mahr)'라고 불리는 일종의 신부 가치를 협의하고, 결혼식 당일에는 신랑 측과 신부 측의 가족들이 모여서 '마흐리(Mehri)'라고 불리는 결혼 계약을 체결한다. 결혼식 당일, 신부는 아바야와 히잡을 차려입고 머리에는 화려한 액세서리를 달고 신랑의 집으로 향한다. 신랑은 타웁과 거타를 입고, 이갈로 거타를 고정하며 신부를 기다린다. 이후 신부와 신랑이 '베두인(Bedouin)' 부족에서 온 전통적인 춤인 '알-애디야(Al-Arda)'를 추면서 결혼식이 시작된다.

결혼식에는 다양한 음식과 음료, 디저트 등이 제공되며, 이는 손님들을 환대하는 사우디아라비아 문화의 중요한 부분이다. 또한, 신부와 신랑은 서로에게 선물을 교환하며, 노래와 춤을

사우디아라비아 결혼식 피로연

즐기면서 손님들과 함께 즐거운 시간을 보낸다.

다시 한국으로 돌아와 결혼식에 참석하며, 해외에서 경험했던 다양한 결혼식 문화를 자연스럽게 떠올리게 된다. 화려하거나 단출하거나, 전통적이거나 현대적인 결혼식 모두가 각자의 아름다움을 가지고 있었다. 그리고 내가 한국에서 참석한 결혼식들은 그런 경험을 더 풍요롭게 만들어 주었다.

교차로에 선 삶의 무대

19

시장(市場)

　서울에 살면서 가락동, 둔촌동, 길동, 암사동 등의 재래시장을 이용해 보았다. 이곳들은 언제나 활기차고 정겨운 분위기였으며, 자주 찾던 장소들이다. 재래시장은 그저 쇼핑을 위한 장소가 아니라, 시장 자체가 주는 소소한 즐거움과 추억을 떠올리게 하는 특별한 곳이다.

암사 재래시장

주말마다 아내와 함께 재래시장에 가면, 언제나 먹을거리와 볼거리가 넘쳐난다. 시장에 들어서면, 신선한 채소와 과일이 나열된 가게들, 각종 수산물이 진열된 상인들의 노점, 그리고 다양한 간식거리를 팔고 있는 곳들이 눈에 띈다. 주로 시장을 돌아다니며 눈요기를 하거나, 이 것저것 간식 요기를 즐기는 게 작은 즐거움이다. 길거리에서 호떡을 사서 손에 쥐고 한입 베어 물며 걸어 다니는 것만으로도 기분이 좋아진다. 시장 특유의 활기와 함께 상인들의 밝은 얼굴을 마주하는 것만으로도 뿌듯함이 느껴진다.

그리고 시장 골목을 돌아다니며, 시장 안에 있는 작은 음식점에서 식사를 한다. 그곳에서 맛보는 순댓국이나 칼국수, 보쌈, 빈대떡 한 접시가 항상 든든하게 입맛을 채워 준다. 식사를 마친 후에는 과일이나 반찬거리, 야채 등을 구입해 온다. 신선한 제철 과일이나 족발, 동그랑땡, 생선전, 떡 같은 것들을 시장에서 쉽게 구할 수 있어 참 좋다. 시장을 돌며 고른 다양한 물건들은 집으로 돌아가면서 주말 시간을 더욱 풍성하게 만든다.

이 시장을 돌아보며 어렸을 적 청주의 육거리 시장에 가던 추억도 떠오른다. 어머니와 함께 육거리 시장에 갔을 때, 그곳에서 찐빵이나 붕어빵, 찐만두, 짜장면을 사 주시던 기억이 아련하다. 당시 어머니의 손을 잡고 시장을 둘러보며 맛보았던 간식들은 그 자체로 특별한 기억으로 남아 있다. 시장은 그저 물건을 사는 곳 이상으로, 추억과 시간이

교차로에 선 삶의 무대

담겨 있는 소중한 장소라는 생각이 든다. 서울의 재래시장에서 아내와 함께하는 시간도 그 시절 어머니와의 추억을 떠올리게 하며 더욱 소중하게 느껴진다.

이렇듯 시장은 단순히 필요한 물건을 구입하는 곳이 아니라, 일상 속에서 잊혀 가던 따뜻한 기억과 함께 다시 만날 수 있는 장소다.

24년 11월 청주 육거리 재래시장의 변모한 모습

인도 뭄바이에 살면서 종종 재래시장을 찾았는데, 그곳에서는 마치 우리의 1960~70년대 모습을 그대로 재현한 듯한 풍경을 접할 수 있었다. 활기차고 역동적인 시장은 현대적인 쇼핑몰과는 전혀 다른 생생한 에너지와 매력을 지니고 있었다. 좁은 골목마다 다양한 물건들이 빼곡히 늘어서 있었고, 상인들의 열정적인 외침과 손님들의 흥정 소리가

인도 뭄바이 재래시장

시장을 가득 채웠다.

시장에서는 신선한 열대 과일과 채소부터 각종 생필품, 전통적인 수공예품에 이르기까지 다양한 물건을 찾아볼 수 있었다. 바구니에 산더미처럼 쌓인 알록달록한 열대 과일들은 눈길을 사로잡았고, 길가에 늘어선 채소 상점에서는 갓 수확한 듯한 신선한 재료들이 진열되어 있었다. 특히, 망고 시즌이 되면 크고 달콤한 알폰소 망고가 시장의 중심을 차지하며 사람들의 발길을 이끌었다. 생선 시장에서는 각종 해산물이 싱싱하게 팔렸는데, 상인들이 맨손으로 생선을 손질하는 모습은 우리 옛 시장의 정겨운 풍경을 떠올리게 했다.

옷이나 직물을 판매하는 구역에서는 화려한 색상의 사리와 전통 의류들이 바람에 나부꼈다. 손으로 염색하거나 수를 놓은 천들은 독특한 문양과 질감으로 눈길을 끌었고, 상인들은 열정적으로 제품의 품질을 설명하며 손님을 맞이했다. 한편, 시장의 한편에는 각종 금속 제품과 주방 용품을 파는 가게들이 밀집해 있었고, 재래식 도구와 현대적인

교차로에 선 삶의 무대

기구들이 뒤섞여 있어 흥미로운 대비를 이루었다.

시장에는 다양한 향신료를 파는 가게들도 많았는데, 그곳에서는 커민, 터메릭, 가람 마살라 등 인도 요리의 필수 재료들이 진한 향기를 풍겼다. 향신료들이 작은 유리병이나 자루에 담겨 알록달록 진열된 모습은 그 자체로 시장의 이국적인 매력을 더했다. 그 외에도 길거리 음식 가판대에서는 삼사(감자와 향신료로 채운 튀김), 빠니뿌리(바삭한 빵 안에 매콤 달콤한 물을 넣은 간식) 같은 인도의 대표적인 간식들을 팔며 지나가는 사람들의 입맛을 유혹했지만 솔직히 길거리 음식은 식중독이 우려되어 한 번도 시식해 보지는 않았다.

인도 뭄바이 길거리 이발소

시장은 항상 혼잡하고 무질서한 분위기가 감돌았지만, 그 자체로 인도 특유의 활기를 느낄 수 있는 공간이었다. 오토 릭샤와 손수레가 뒤섞여 시장 입구를 메웠고, 길을 가득 메운 사람들 사이로 끊임없는 소음과 냄새가 뒤섞였다. 좁은 골목에서는 어깨를 부딪히며 지나가야 했고, 흥정을 이어가는 손님들과 상인들로 인해 매 순간이 생동감 넘쳤다. 상인들은 특유의 유쾌함과 친근함으로 손님들과 대화를 나누었고, 때로는 지나치게 적극적인 호객 행위로 당황스러운 순간도 있었다.

그럼에도 불구하고, 뭄바이의 재래시장은 단순한 쇼핑의 공간을 넘어, 인도인의 삶과 문화를 가까이에서 경험할 수 있는 독특한 장소였다. 소박하고 정겨운 풍경 속에서 과거의 향수를 떠올릴 수 있었고, 이질적이면서도 따뜻한 분위기는 뭄바이에서의 시간을 특별하게 만들어 주었다. 시장을 거닐며 사람들과 섞이고 현지 음식을 맛보는 경험은 인도 생활의 소중한 일부로 남았다.

오랜 해외 생활과 많은 해외여행을 통해 만나 보았던 시장들 중에는 그곳만의 독특한 매력과 분위기가 가득 담겨 있어 기억에 오래 남는다.

튀르키예 이스탄불의 '그랜드 바자르'는 단순한 시장 그 이상으로, 마치 한 도시 안에 또 다른 작은 세계를 품고 있는 듯한 느낌을 주었다. 15세기 중반 오스만 제국 시대에 건설된 이 시장은 약 4,000개의 상점과 60개 이상의 좁고 긴 골목길로 이루어져 있었으며, 그 규모와 복잡함은 방문자를 압도했다. 골목마다 독특한 개성을 드러냈으며, 형형색색의 카펫이 천장에서부터 바닥까지 층층이 전시된 모습은 그 자

교차로에 선 삶의 무대

2023년 8월 튀르키예 이스탄불 그랜드 바자르

체로 예술 작품을 보는 듯한 인상을 주었다. 세밀한 패턴과 화려한 색감의 카펫은 터키 전통 문화를 그대로 담고 있어 관광객들의 시선을 단번에 사로잡았다. 또한 도자기 상점에서는 푸른빛의 이즈니크 타일로 장식된 그릇과 접시들이 반짝이며, 전통적인 튀르키예 공예의 섬세함을 보여 주었다. 향신료 가게에서는 진한 사프란 향기와 고운 파프리카 가루의 붉은빛이 어우러져 이국적인 분위기를 자아냈다. 건조된 과일과 견과류도 가득 쌓여 다채로운 색과 향이 공간을 채웠고, 상인들은 특유의 친근하고 활기찬 태도로 손님들을 맞이하며 흥정의 묘미를 선사했다.

곳곳에서 들려오는 전통적인 악기 연주 소리와 사람들이 흥정하며 나누는 대화 소음이 어우러지며, 그랜드 바자르는 단순히 물건을 사고파는 장소가 아니라 튀르키예의 문화와 역사가 고스란히 살아 숨 쉬는 거대한 무대로 느껴졌다. 이곳은 방문자들에게 그저 물건을 사는 행위 이상의 특별한 추억과 감동을 선사하며, 이스탄불 여행의 필수 코스로 자리 잡았다.

이집트 카이로의 칸 엘 칼릴리 시장은 중세 이슬람 세계의 정취를 간직한 곳으로, 방문객들에게 마치 시간 여행을 떠난 듯한 경험을 선사했다. 14세기에 설립된 이 시장은 고대와 현대가 혼재된 모습으로, 전통과 활기가 넘치는 공간이었다. 그러나 그만큼 시장은 매우 혼잡하고 약간의 무질서함이 느껴지는 곳이기도 했다. 미로처럼 얽힌 좁은

교차로에 선 삶의 무대

골목길마다 사람들로 가득 차 발걸음을 옮기기가 쉽지 않았고, 끊임없는 소음과 활발한 상인들의 호객 행위가 시장의 특징적인 분위기를 만들었다.

2009년 11월 이집트 카이로 칸 엘 칼릴리 시장

골목 곳곳에는 금빛으로 빛나는 전통 공예품들과 보석 장신구들이 화려하게 전시되어 있었지만, 혼잡한 인파 속에서 제대로 살펴보기가 쉽지 않았다. 세공사의 손길이 느껴지는 섬세한 은제품과 황금빛 장식품들은 그 자체로 눈길을 끌었지만, 이를 구경하는 이들로 상점 주변이 북적였고, 물건을 구입하려는 사람들과 흥정이 끊이지 않아 소란스러운 분위기가 이어졌다. 향신료 상점에서는 커민, 카다멈, 사프란 같은 진한 향신료들의 향기가 골목을 가득 채우고 있었지만, 좁은 공간에 몰린 사람들로 인해 어깨를 부딪히며 지나가야 했다. 한쪽에는 허브와 말린 꽃잎들이 대형 바구니에 가득 담겨 있었지만, 길을 가로막는 행상들과 손님들로 인해 발길이 자주 멈춰졌다. 또한, 카페에서 내리는 아라비아 커피와 민트 티의 향이 시장 전체를 감싸고 있었으나, 사람들이 삼삼오오 모여 앉아 대화를 나누는 탓에 작은 카페조차 혼란스러워 보였다.

특히, 상인들은 생동감 넘치는 태도로 손님들을 맞이했지만, 때로는 과도한 호객 행위로 인해 불편함을 느끼는 사람들도 있었다. 목청껏 외치는 상인들의 목소리와 손님과의 흥정이 여기저기서 동시에 이루어지며, 칸 엘 칼릴리 시장 특유의 혼란스러운 분위기를 만들어 냈다. 전통 악기 상점에서 흘러나오는 우드(Oud)나 타블라(Tabula)의 연주 소리조차 시장의 소음 속에 묻히는 경우가 많았다. 그럼에도 불구하고, 이 혼잡함과 무질서 속에서 칸 엘 칼릴리 시장만의 독특한 매력을 발견할 수 있었다. 시장의 혼란스러운 에너지는 이집트의 활기찬 일상을 그대로 반영하고 있었고, 이곳을 방문한 사람들에게 생생한 문화적 경험을 제공했다. 이 시장은 단순히 물건을 사고파는 공간을 넘어, 혼잡과 활기로 가득 찬 이집트의 삶을 고스란히 보여주는 장소로 기억되었다.

대만 타이베이에서는 3년 반 동안 직접 살면서 시먼딩과 사림 같은 유명한 야시장을 자주 찾으며 독특한 경험을 쌓았다.

교차로에 선 삶의 무대

대만 타이베이 시먼딩 야시장 아종면선 곱창국수 맛집

대만의 야시장은 단순한 먹거리 장소를 넘어, 활기와 열정이 넘치는 대만 문화의 중심지로 느껴졌다. 저녁이 되면 시장 곳곳에 환한 네온 사인과 화려한 조명이 켜졌고, 좁은 거리마다 사람들이 몰려들어 뜨거운 열기를 더했다.

시먼딩 야시장은 현대적 감각과 전통적인 대만 문화를 동시에 느낄 수 있는 곳이었다. 골목마다 길거리 음식점과 패션 소품 가게들이 빼곡히 자리 잡고 있었으며, 젊은 세대의 에너지가 넘치는 분위기가 시장 전체를 감쌌다.

간단한 길거리 음식부터 독특한 대만 특유의 디저트까지 다양한 먹거리가 준비되어 있어, 매번 새로운 메뉴를 시도하는 재미를 선사했다. 특히, 바삭한 지파이(대왕 닭가슴살 튀김)와 달콤한 버블티는 언제나 긴 줄이 이어질 정도로 인기가 많았다.

사림 야시장은 타이베이에서 가장 큰 규모를 자랑하는 곳으로, 수백 개의 포장마차가 끝없이 이어져 다양한 음식을 즐길 수 있었다. 노릇하게 구워진 오징어 꼬치, 향긋한 후추 케이크, 그리고 대만식 소시지가 진한 향을 풍기며 시장 전체를 채웠다. 사람들로 북적이는 거리 속에서 음식 냄새와 함께 들려오는 각종 상인들의 외침 소리는 시장 특유의 활기찬 분위기를 만들어냈다. 좁은 통로를 따라 걷다 보면, 음식뿐만 아니라 전통 공예품과 기념품을 파는 가게들도 눈에 띄었고, 다양한 볼거리로 가득했다.

야시장 특유의 혼잡함과 소란스러움도 매력의 일부로 다가왔다. 좁은 골목길마다 사람들이 가득 차 이동하기 어려웠지만, 그 속에서 다양한 사람들과 부딪히며 시장의 생동감을 느꼈다. 상인들은 특유의 친근한 태도로 손님들을 맞이했으며, 때로는 활발한 흥정이 이루어져 시장의 재미를 더했다. 비좁은 거리에서 서로 웃으며 음식을 나누는 현지인들과 관광객들의 모습은 야시장의 따뜻한 매력을 보여 주었다. 야시장은 단순한 쇼핑이나 외식의 공간을 넘어, 대만 사람들의 일상과 문화를 엿볼 수 있는 생생한 현장이었다. 매번 새로운 맛과 풍경을 만날 수 있는 이곳은 대만 생활의 일부가 되었고, 야시장을 거닐던 추억은 대만에서의 시간을 더욱 특별하게 만들어 주었다.

그 밖에도 중국 시안의 '회족거리 야시장'은 회족(무슬림) 문화와 전통 음식이 어우러진 독특한 분위기로, 시안만의 매력을 선사하는 명소였다.

2016년 8월 중국 시안 회족거리 야시장

이곳은 좁고 활기찬 골목으로 이루어져 있으며, 각종 꼬치 요리를 포함한 다채로운 음식이 끝없이 이어진다. 길거리 곳곳에서는 양고기, 닭고기, 해산물 등을 숯불에 구워 내는 꼬치 요리가 인기이며, 굽는 과정에서 피어오르는 연기와 진한 향신료의 향기가 후각을 강하게 자극한다. 특히, 회족 특유의 향신료가 듬뿍 들어간 비프 샤오판(볶음밥), 양고기 탕면, 꿀로 코팅된 빵인 허지마 빵 등은 이 시장에서 꼭 맛봐야 할 음식들로 손꼽힌다. 시장을 걸으며 만나는 상인들과 상점들은 회족 문화의 전통을 고스란히 보여주었다. 화려하게 장식된 공예품, 전통 무늬가 새겨진 도자기, 고급스러운 비단 제품 등 회족의 역사와 정체성을 담은 기념품들도 시장의 매력을 더했다. 더불어, 상점 간판과 건축 양식은 중국과 이슬람 문화가 융합된 독특한 디자인으로, 거리 전체가 역사적·문화적 정취를 물씬 풍겼다.

일본 오사카의 '도톤보리'는 전통적인 재래시장이라기보다는 현대적인 쇼핑 거리의 성격이 강하지만, 그 속에서 전통과 현대가 조화를 이루는 독특한 매력을 느낄 수 있었다.

2011년 11월 일본 오사카 도톤보리 시장

이곳은 화려한 네온사인과 거대한 간판들이 거리를 수놓으며, 밤이 되면 활기찬 분위기가 더욱 살아나고, 도톤보리의 중심을 흐르는 도톤보리 강 주변에는 수많은 상점, 레스토랑, 그리고 길거리 음식점이 늘어서 있었다. 특히, 도톤보리에서 가장 유명한 것은 다양한 길거리 음식들이다. 타코야키(문어볼), 오코노미야키(일본식 부침개), 야키소바

교차로에 선 삶의 무대

(볶음국수) 등 오사카 특유의 맛을 즐길 수 있는 음식점들이 곳곳에 자리해 방문객들의 입맛을 사로잡았다. 길거리 음식점 앞에서는 요리사가 직접 음식을 만드는 모습을 볼 수 있어, 시각적인 즐거움도 함께 제공하였다. 이러한 음식들은 오사카의 전통적인 미식 문화를 현대적으로 재해석한 예로, 도톤보리의 매력을 한층 더해 주었다.

스페인 바르셀로나의 '보케리아 시장(La Boqueria)'은 활기차면서도 세련된 유럽 시장의 정수를 경험할 수 있는 곳이다. 입구에 들어서면 가장 먼저 신선한 과일과 채소가 진열된 다채로운 매대를 만날 수 있는데, 각종 열대 과일부터 제철 과일까지 정교하게 쌓여 있어 색감만으로도 눈길을 사로잡는다. 과일 가판대에서는 잘게 손질된 과일 컵과 신선한 주스가 판매되는데, 관광객들이 한 손에 들고 다니며 간편하게 즐길 수 있도록 되어 있었다. 시장을 조금 더 안쪽으로 들어가면, 바다의 신선함을 그대로 옮겨놓은 듯한 해산물 섹션이 나타난다. 윤기가 흐르는 생선과 조개류, 살아 있는 랍스터와 게 등이 얼음 위에 가지런히 진열되어 있었고, 상인들이 활기찬 목소리로 손님들을 맞이하였다. 일부 가판대에서는 갓 잡은 해산물을 즉석에서 조리해 주기도 하여, 신선한 해산물 요리를 바로 맛볼 수 있다.

스페인의 대표적인 하몽(Jamón)이 매대 위에 고급스럽게 걸려 있고, 소시지와 치즈 등의 다양한 델리 제품들이 정돈된 형태로 전시되어 있다. 일부 상점에서는 다양한 부위의 고기를 직접 고르고 구입할 수 있다.

2013년 10월 스페인 바르셀로나 보케리아 시장 하몽 판매점

이탈리아 베네치아의 '리알토 시장(Rialto Market)'은 리알토 다리 근처에 위치한 전통 시장으로, 신선한 아드리아 해산물과 제철 과일, 채소, 지역 특산품으로 가득 차 있다. 페스케리아에서는 갓 잡은 새우, 오징어, 문어 등 다양한 해산물이 진열되어 있고, 에르베 마르케에서는 탐스러운 과일과 허브들이 색감 가득하게 장식되어 있었다. 시장 곳곳에서는 바질 페스토, 트러플 오일, 치즈 등 이탈리아 전통 음식을 구매할 수 있으며, 주변 운하 풍경이 더해져 낭만적인 분위기를 자아낸다. 시장을 둘러본 후 운하를 따라 자리한 카페에서 에스프레소를 즐기며 곤돌라가 오가는 풍경을 삼상하면 베네치아의 정취를 만끽할 수 있다. 리알토 시장은 단순한 재래시장을 넘어 베네치아의 미식과 전통을 느낄 수 있는 특별한 공간이었다.

교차로에 선 삶의 무대

크로아티아 두브로브니크의 '재래시장'은 규모는 크지 않지만 지역 주민들의 일상과 정서를 가까이에서 느낄 수 있는 따뜻한 분위기가 돋보였다.

시장은 주로 현지 농부들이 직접 재배한 신선한 과일과 채소, 허브, 올리브 오일, 그리고 전통적인 꿀과 말린 라벤더 등의 특산품으로 가득 차 있다. 상인들은 밝은 미소와 친근한 말투로 손님을 맞이하며, 크로아티아의 일상적인 삶과 문화를 엿볼 수 있는 특별한 경험을 제공했다. 두브로브니크의 화창한 날씨 아래 시장은 활기로 가득 차 있으며, 색색의 과일과 허브가 진열된 모습은 눈길을 사로잡았다. 시장 주변의 고풍스러운 건축물과 어우러진 풍경은 중세 도시의 정취를 한껏 느끼게 했다.

2015년 9월 크로아티아 두브로브니크 재래시장

태국 방콕의 '팟퐁 야시장'은 해가 지면 활기를 띠며 다양한 상품과 먹거리로 가득 차 있었다. 좁은 골목을 따라 펼쳐진 시장에는 의류, 가죽 제품, 액세서리, 기념품 등 다채로운 상품들이 빼곡히 진열되어 있다.

2016년 10월 태국 방콕 팟퐁 야시장

상인들과의 흥정은 이 시장만의 독특한 매력으로, 구매자들은 가격을 협상하며 친근하게 대화할 수 있어 태국의 흥정 문화를 경험하기에 더없이 좋은 곳이다. 시장 곳곳에서는 길거리 음식을 판매하는 노점들도 자리하고 있어, 향신료 향이 가득한 태국 요리를 맛보며 시장의 활기를 즐길 수 있다. 특히 팟퐁 야시장은 방콕의 화려한 야경과 어우러져 이국적인 분위기를 자아내며, 쇼핑과 태국 특유의 활기찬 문화를 동시에 느낄 수 있는 여행지로 많은 사랑을 받고 있었다.

스리랑카 콜롬보의 'F.O.S.E 시장'은 현지인들이 주로 찾는 재래시장

교차로에 선 삶의 무대

으로, 스리랑카의 전통적인 분위기를 그대로 느낄 수 있는 곳이다.

2012년 3월 스리랑카 콜롬보 'F.O.S.E 시장'

시장은 좁고 복잡한 골목을 따라 펼쳐져 있으며, 곳곳에서는 스리랑카 특유의 향신료와 차가 눈에 띄었다. 강렬한 향을 풍기는 커리 가루, 카다몸, 클로브와 같은 향신료들이 진열되어 있었고, 특히 스리랑카의 유명한 실론 차는 다양한 종류로 손쉽게 구입할 수 있다. 시장 내부는 상인들과의 소통이 자연스러우며, 현지인들의 일상적인 모습과 거래가 이루어지는 곳으로, 관광객들은 스리랑카의 향신료와 차를 비롯한 다양한 기념품을 구경하며 현지 문화를 가까이에서 체험할 수 있다. 또, 시장의 분위기는 시끄럽고 활기차지만, 소박하고 정겨운 느낌을 주며, 현지 생활의 일면을 잘 보여 주고 있었다.

2018년 6월 보스니아 헤르체고비나 모스타르 시장

　보스니아 헤르체고비나의 '모스타르 시장'은 고풍스러운 분위기와 현대적 매력이 어우러진 특별한 장소로, 유고슬라비아 시대의 흔적을 고스란히 전달하고 있었다.

　시장은 모스타르의 유명한 스타리 모스트(구 다리) 근처에 위치해 있어, 다리와 함께 옛 모습을 그대로 간직한 건물들과 좁은 골목들이 시장을 둘러싸고 있다. 이곳에서는 전통적인 보스니아 공예품, 수공예 도자기, 수제 가죽 제품, 나무 공예품 등이 판매되며, 특히 전통적인 자수나 엔틱한 주얼리는 인기가 많다. 시장을 거닐다 보면 유고슬라비아 시절의 역사적 흔적과 건축 양식을 엿볼 수 있는 다양한 상점들이 줄지어 있다. 벽에 그려진 벽화나 오래된 간판들은 그 시절의 분위기를 그대로 재현하며, 시장을 찾는 이들에게 과거와 현재가 교차하는 독특한 경험을 선사했다.

2018년 8월 베트남 하노이 재래시장

베트남 하노이의 '재래시장'은 현지인의 일상적인 생활과 문화를 그대로 엿볼 수 있는 활기찬 장소로, 신선한 식재료와 다양한 현지 음식들이 가득했다. 시장은 좁고 번잡한 골목길을 따라 펼쳐져 있으며, 각종 과일, 채소, 생선, 고기 등 신선한 재료들이 진열된 모습이 눈에 띈다. 특히 시장 곳곳에서는 향긋한 허브와 향신료들이 가득해, 베트남 음식의 풍미를 한껏 느낄 수 있었다. 현지 음식 노점에서는 따끈한 쌀국수(Pho)와 반미(Banh Mi)와 같은 인기 길거리 음식들이 즉석에서 준비되어, 시장을 둘러보며 현지 음식의 진수를 맛볼 수 있다. 상인들은 대부분 친절하게 손님을 맞이하며, 종종 시장에서 거래되는 재료나 요리법에 대해 이야기하기도 한다. 시장의 분위기는 시끄럽고 혼잡하지만, 사람들의 소리와 다양한 재료들의 향기가 어우러져 베트남의 정취를 생생하게 전달했다.

　러시아 모스크바의 '이즈마일롭스키 시장'은 전통 러시아 문화를 한
눈에 경험할 수 있는 독특한 장소로, 수많은 공예품과 기념품들로 가
득 차 있다. 이 시장은 단순한 쇼핑 공간을 넘어 러시아의 예술적 전통
과 역사적 흔적을 느낄 수 있는 살아 있는 박물관과도 같다. 입구에 들
어서면 가장 먼저 눈에 띄는 것은 다양한 매트료시카 인형들이다.
　손으로 정교하게 그려진 나무 인형들은 전통적인 디자인부터 현대
적인 패턴까지 다양하게 준비되어 있어 선택의 폭이 넓다. 알록달록한
색감과 디테일이 살아 있는 매트료시카는 단순한 기념품을 넘어 러시
아 문화를 상징하는 예술품으로 다가온다.

2018년 9월 러시아 모스크바 이즈마일롭스키 시장 매트료시카 인형

　시장 곳곳에서는 러시아 전통 공예품이 자리하고 있다. 예를 들어,
섬세한 문양이 새겨진 래커 박스, 화려한 색감이 돋보이는 호흘로마

목재 공예품, 그리고 전통적인 샬과 스카프 등은 러시아의 고유한 미감을 느낄 수 있게 한다. 특히, 수작업으로 만들어진 제품들은 고풍스러운 아름다움과 함께 특별한 가치를 지녔다.

캄보디아 시엠립의 야시장은 앙코르 와트를 연상시키는 전통 공예품과 다양한 현지 음식들로 가득 차, 방문객들에게 독특한 문화적 경험을 선사하였다.

시장의 분위기는 활기차고 열정적이며, 앙코르 와트의 상징적인 모습이 그려진 수공예품, 섬세한 나무 조각, 전통적인 천으로 만든 의류 등이 진열된 상점들이 즐비했다. 특히 현지에서 만들어진 기념품들은 앙코르 와트와 캄보디아의 역사와 문화를 엿볼 수 있는 독특한 매력을 지녔다. 또한 시장의 음식 구역에서는 캄보디아 전통 음식을 맛볼 수 있다.

2017년 2월 캄보디아 시엠립 야시장

크메르 전통 요리인 아모크(Amok)와 볶음 쌀국수, 바삭한 튀김과 함께 다양한 해산물 요리들이 즉석에서 준비되어 풍성한 향과 맛을 자랑한다. 현지의 향신료와 허브로 조리된 음식들은 독특한 풍미를 느끼게 하며, 시장 곳곳에서 사람들이 모여 앉아 음식을 나누는 따뜻한 분위기도 특별하다. 시엠립의 야시장은 앙코르 와트의 역사적인 유산과 캄보디아의 전통을 가까이에서 경험할 수 있는 매력적인 장소였다.

말레이시아 쿠알라룸푸르의 '센트럴 마켓'은 예술과 공예품으로 가득한 문화적 명소로, 말레이시아의 전통과 현대적인 감각이 잘 어우러진 곳이다. 1888년에 처음 개장한 이 시장은 그 자체로 오래된 역사적 가치를 지닌 건물로, 아르데코 스타일의 건축 양식이 돋보인다. 건물 내부와 외부는 세련되면서도 고풍스러운 분위기를 자아내며, 말레이시아의 다양한 문화적 영향을 반영한 디자인이 특징이다. 센트럴 마켓

2017년 8월 말레이시아 쿠알라룸푸르 센트럴 마켓

에서는 말레이시아 전통 공예품, 수공예 액세서리, 직물, 도자기, 그림 등 다양한 예술 작품을 만나 볼 수 있었다.

시장은 언제나 그곳 사람들의 삶이 녹아 있는 살아있는 문화와 전통의 전시장이다. 한국의 재래시장 역시 한국의 전통과 현대가 어우러지는 공간으로, 활기차고 다채로운 이야기들로 가득하다. 이곳에서는 사람들의 생활과 문화, 그리고 경제 활동이 만난다. 매일 새로운 손님들과의 만남이 이루어지고, 시간의 흐름에 따라 조금씩 변화하며 발전해 나간다. 각 시장마다 느낄 수 있는 독특한 분위기와 색채는 단순히 물건을 사고파는 공간을 넘어, 그 지역의 역사를 들여다볼 수 있는 창이자, 그곳 사람들의 이야기가 담긴 무대이다. 재래시장에 가면 우리는 단순히 물건을 구입하는 것이 아니라, 그곳의 문화와 전통, 그리고 사람들의 삶을 함께 경험하게 된다.

20

지하철(地下鐵)

비나 눈이 내리는 날에는 따릉이로 출근할 수 없어서 지하철을 이용한다. 자전거로 한강 풍경을 감상하며 이동하는 즐거움은 잠시 접어 두어야 하지만, 지하철 출근도 시간 절약의 장점과 편리함이 있다.

삼성물산에 먼저 퇴직한 어느 선배 소장님이 '제2의 직장을 구할 때 집에서 지하철로 열 정거장 이내의 거리에 있는 근무지를 선택하는 게 좋다'는 조언을 해 준 적이 있다. 출퇴근 시간의 효율성을 고려한 이 충고는 의미가 있어 보인다. 현재 제2의 직장은 집에서 지하철역을 이용해 한 번에 9개 정거장 만에 회사 앞 지하철역에 도착할 수 있다. 또한 지하철역이 회사 건물과는 지하 통로로 연결되어 있어 매우 편리하다. 아파트에서도 지하철역이 바로 근처라서 집에서 회사까지 door to door로 30분 이내로 도착할 수 있다.

지하철은 단순한 이동 수단을 넘어, 바쁜 현대인의 일상에 적응하기 위한 필수적인 공간이자 작은 사색의 시간이나 부족한 잠을 보충할 수 있는 수단으로도 활용된다. 눈이나 비가 내리는 날에도 시간 오차 없

교차로에 선 삶의 무대

이 출근할 수 있도록 도와주는, 작지만 확실한 편리함을 제공해 주는 동반자라 할 수 있다.

　지하철의 역사는 1863년 영국 런던에서 시작되었다. 세계 최초로 개통된 지하철은 총 6km 구간으로, 당시 석탄을 연료로 사용하는 증기 기관차가 운행되었다. 이 혁신적인 교통수단은 도시 내 이동 시간을 단축하는 방법으로 주목받았지만, 증기 기관차에서 발생하는 연기와 소음으로 인해 대중의 반응은 기대만큼 긍정적이지 않았다.

　그 후, 지하철의 진정한 혁신은 1896년 헝가리에서 이루어졌다. 헝가리는 세계 최초로 전기를 동력으로 사용하는 저심도 지하철을 건설했으며, 이 시스템은 당시 부다페스트의 도심 이동을 혁신적으로 개선했다. 헝가리의 사례는 단순히 기술적 성취에 그치지 않고, 전 세계 도

2014년 7월 헝가리 부다페스트 지하철 1호선

시 교통의 미래를 제시하는 중요한 이정표가 되었다.

헝가리의 성공은 다른 유럽 도시들에게도 영향을 주었다. 1898년 오스트리아 빈에 전기 지하철이 건설되었고, 이어서 1900년에는 프랑스 파리에서도 지하철이 개통되었다. 특히 파

2011년 2월 프랑스 파리 지하철

리의 지하철은 아름다운 디자인과 기능성을 결합해 도시의 중요한 상징으로 자리 잡았다. 이처럼 유럽 각국의 도시들은 지하철을 통해 도시화와 산업화를 촉진하며 대중교통의 새로운 시대를 열었다.

지하철은 시간이 지나면서 기술적 발전과 함께 지속적으로 진화했다. 초기의 증기 기관차에서 전기 동력으로 전환된 것은 단순한 연료 변경이 아닌, 환경과 효율성을 고려한 교통수단의 혁신이었다. 이후 전 세계 주요 도시들은 지하철을 도입하며 도시 간 경쟁력을 높였고, 오늘날 지하철은 단순한 이동 수단을 넘어 현대 도시 생활의 필수적인 요소로 자리 잡았다.

서울 시내를 주행하던 노면 전차는 한때 서울의 주요 대중교통 수단이었다. 1899년 최초로 운행을 시작한 서울의 노면 전차는 당시로서는 획기적인 교통수단으로, 도심 이동의 효율성을 높이는 데 큰 역할

교차로에 선 삶의 무대

을 했다. 하지만 시간이 흐르면서 도로 위를 달리는 노면 전차는 차량과 보행자 간의 충돌 위험을 증가시키고, 교통 체증을 악화시킨다는 비판을 받게 되었다. 이에 따라 서울시는 점차 노면 전차를 대체할 교통수단의 필요성을 느꼈다. 결국 1968년, 서울 시내에서 운행되던 노면 전차는 모두 중단되었고, 철거 작업이 이루어졌다.

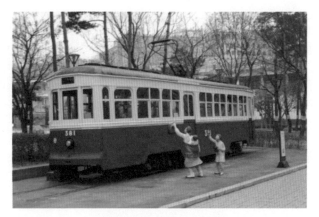

복원 전시된 서울시 노면 전차

노면 전차 운행 중단 이후, 서울시는 급격히 늘어나는 인구와 차량 수요를 감당하기 위해 새로운 대중교통 체계를 마련하기 시작했다.

이러한 배경에서 대한민국 최초의 지하철인 1호선이 등장했다. 1호선은 1971년 서울역에서 청량리까지 7.8km 구간으로 개통되었다. 이는 대한민국 교통 역사에서 획기적인 전환점이었다. 당시 지하철은 차량으로 혼잡한 지상 도로를 피해 도시 내 빠르고 효율적인 이동을 가능하게 했으며, 시민들의 출퇴근 시간 단축에도 크게 기여했다. 특히 1호선의 개통은 단순히 새로운 교통수단의 도입을 넘어, 서울이 현대적 대도시로 도약하는 상징적인 사건이었다. 초기에는 구간이 짧고 열차 수가 많지 않았지만, 시간이 지나면서 지하철 노선이 확장되고 시스템이 개선되었다. 이로 인해 서울 지하철은 서울과 수도권 전역을 연결하는 거대한 대중교통망으로 성장했다.

지하철은 단순히 이동 수단을 넘어 도시 생활의 중요한 한 축을 담당하며, 서울의 생활 문화를 변화시키는 데 중요한 역할을 해 왔다. 지하철역 주변은 상업과 문화의 중심지로 발전해

스마트폰 보급 이전의 지하철 내부 풍경

경제적 성장과 도시화에 큰 영향을 미쳤고, 오늘날 서울 지하철은 세계에서도 손꼽히는 편리성과 효율성을 자랑한다. 이와 함께 지하철 내부의 풍경도 시대의 흐름에 따라 지속적으로 변화해 왔다. 과거 지하철 내부에서는 독서나 신문을 보는 승객들의 모습을 흔히 볼 수 있었다. 출근길에는 아침 신문을 펼치고 뉴스를 접하거나, 작은 문고판 책을 읽는 이들이 많았다.

하지만 스마트폰이 보급된 이후 이러한 풍경은 점차 사라지기 시작했다. 오늘날 지하철에서는 거의 모든 승객이 스마트폰 화면에 집중하고 있는 모습을 쉽게 볼 수 있다. 음악을 듣거나 동영상을 시청하고,

교차로에 선 삶의 무대

뉴스를 읽거나 게임을 즐기며 각자의 시간을 보내는 모습은 이제 지하철에서의 일상적인 장면이 되었다.

지하철 내부 풍경의 변화는 승객들의 행동 양식뿐만 아니라, 공간 배치와 시설의 혁신에서도 두드러지게 나타났다. 과거의 지하철은 단순히 승객을 이동시키는 효율적인 교통수단에 초점이 맞춰져 있었다면, 오늘날의 지하철은 다양한 이용자들의 요구를 반영하여 모두가 편리하고 안전하게 이용할 수 있는 공공의 공간으로 진화하고 있다.

우선, 임산부나 노약자, 장애인 등 사회적 약자를 위한 배려석이 도입되면서 공공 교통수단 내에서 배려와 존중의 문화가 자리 잡았다. 배려석은 눈에 잘 띄는 색상과 디자인으로 구분되어 있으며, 이러한 좌석이 마련됨으로써 임산부나 노약자가 더 안전하고 편안하게 이동할 수 있는 환경이 조성되었다. 승객들 사이에서도 배려석에 대한 인식이 점차 높아져, 해당 좌석을 필요로 하는 사람들이 우선적으로 이용할 수 있도록 자발적인 양보 문화가 확산되었다.

또한, 자전거를 사용하는 승객이나 휠체어 이용자들을 위한 전용 공간이 추가로 마련되었다. 이는 단순히 공간을 확보하는 것에 그치지 않고, 리프트 및 경사로를 설치하는 등 세부적인 접근성 개선으로 이어졌다. 이러한 변화는 교통 약자들이 이동의 불편함을 최소화하고, 지하철을 더 쉽게 이용할 수 있도록 배려한 결과라 할 수 있다.

뿐만 아니라, 승객 편의를 위한 추가적인 시설들도 점차 확대되고 있다. 각 칸에 설치된 디지털 안내판은 실시간 정보 제공을 통해 승객들

이 보다 정확하고 빠르게 목적
지에 도달할 수 있도록 돕고 있
으며, 무선 인터넷(Wi-Fi)과 충
전 시설 등의 도입은 지하철을
단순한 이동 수단이 아니라 현
대인의 생활 공간으로 확장시키

2024년 12월 서울 지하철 8호선 내부

는 역할을 하고 있다. 냉난방 시스템의 개선과 쾌적한 내부 디자인 또
한 승객들에게 더욱 편안한 이동 환경을 제공하며, 다양한 세대와 계층
의 요구를 충족시키고 있다.

이처럼 지하철은 단순히 빠르고 효율적인 교통수단이라는 기능을
넘어, 접근성과 포용성을 강화하며 누구나 편리하고 안전하게 이용할
수 있는 공공의 공간으로 자리 잡아가고 있다. 이러한 변화는 기술적
발전뿐만 아니라 모두를 위한 사회적 배려와 평등에 대한 의식 변화가
반영된 결과로, 도시의 중요한 사회적 자산으로서 지하철의 가치를 더
욱 높이고 있다.

유럽을 여행하면서 마주한 여러 도시의 트램 중, 가장 기억에 남는
것은 포르투갈 리스본의 28번 트램이었다. 28번 트램은 단순한 교통
수단을 넘어, 리스본의 역사와 문화를 담고 있는 살아 있는 유산이자,
도시를 경험하는 특별한 방법이었다.

28번 트램은 20세기 초반부터 리스본 시민들의 일상 속에서 중요한
역할을 해 왔다. 이 노선은 알파마(Alfama), 바이샤(Baixa), 그리고 그

교차로에 선 삶의 무대

라사(Graça)와 같은 리스본의 주요 역사적 지역을 관통하며, 도시의 전통적인 골목길과 언덕 위를 달린다. 트램은 좁고 가파른 골목길을 통과하기 위해 특별히 설계된 작은 크기의 차량으로, 노란색 외관과 딸각거리는 전기 소음은 리스본의 대표적인 풍경 중 하나로 자리 잡았다.

28번 트램의 경로는 도시의 과거와 현재를 연결하는 하나의 시간 여행 같다. 알파마 지역을 지날 때는 포르투갈 전통 건축 양식이 돋보이는 아줄레주(Azulejo) 타일로 장식된 집들과 고풍스러운 골목길이 이어진다. 이곳은 리스본의 가장 오래된 지역으로, 트램은 마치 시간 속에서 살아 숨 쉬는 듯한 느낌을 준다. 또한, 트램은 리스본 대성당을 지나며, 중세 시대로 거슬러 올라가는 듯한 인상을 남긴다.

트램이 바이샤 지역을 지나면, 현대적인 상점과 레스토랑이 들어선 활기찬 거리 풍경으로 바뀐다. 이러한 대조는 리스본이 가진 과거와

2019년 3월 포르투갈 리스본 28번 트램

현재의 공존을 생생히 보여 준다. 또한, 그라사 지역의 언덕을 오르며 도착하는 비스타 도 그라사는 리스본 전경을 한눈에 볼 수 있는 최고의 장소로 꼽힌다. 이곳에서는 테조강과 리스본의 붉은 지붕들이 어우러져 한 폭의 그림 같은 풍경을 감상할 수 있다.

28번 트램을 타는 경험은 단순히 풍경을 감상하는 것을 넘어, 리스본 시민들의 일상을 엿볼 수 있는 기회이기도 했다. 출퇴근길에 오가는 사람들의 얼굴, 트램 내부에서 나누는 대화, 그리고 외국인 관광객의 설렘 섞인 웃음소리는 이 작은 공간이 다양한 삶의 모습을 담아내는 축소판임을 느끼게 한다.

2019년 3월 포르투갈 리스본 28번 트램 내부

이 트램은 도시와 관광객을 잇는 매개체로서의 역할도 하고 있다. 관광객들에게는 리스본의 매력을 단시간에 느낄 수 있는 명소로, 시민

교차로에 선 삶의 무대

들에게는 여전히 중요한 교통수단으로 자리하고 있다. 하지만 이러한 인기는 때때로 혼잡과 불편을 초래하기도 한다. 특히 관광객이 몰리는 시간대에는 트램 내부가 매우 붐비며, 소매치기에 대한 주의가 필요하다. 그럼에도 불구하고, 28번 트램은 리스본 여행에서 빼놓을 수 없는 독특한 경험으로 남는다. 트램의 딸깍거리는 소리와 함께 도시의 골목길을 누비는 시간은 마치 리스본의 맥박을 직접 느끼는 듯한 순간을 선사했다. 이러한 경험은 단순히 도시의 교통수단을 이용했다는 것을 넘어, 리스본이라는 도시와 깊이 연결되는 특별한 기억으로 남았다.

리스본의 좁은 골목길과 언덕길의 건물들 사이를 요리조리 누비며 돌아다니는 모습이 앙증맞으면서도 리스본을 가장 가까이서 보고 느끼게 하는 트램이다.

기억나는 지하철은 유럽 대륙에서 가장 먼저 개통해서 지금도 그대로 운행 중인 부다페스트의 1호선과 세계에서 가장 깊이가 깊고, 특히 지하철 역 내부를 궁전처럼 꾸며 놓은 러시아 모스크바 지하철이다.

부다페스트 1호선 지하철은 저심도 지하철이어서 금방 승강장에 도달한다. 객차의 크기도 작고, 지하철 승강장의 천장도 매우 낮다. '세체니 온천'이 있는 '세체니 역'의 승강장은 낮은 천장과 자그마한 목재로 된 매표 창구의 실내 인테리어가 오래된 세월의 무게를 잘 느끼게 한다. 부다페스트와 베르세바르로스 지역을 연결하며 11개의 역사가 있고 특히 '세체니 야외 온천'과 '부다페스트 오페라 하우스'를 가려면

이 노선을 이용하면 된다.

모스크바 지하철은 1935년 5월 15일에 개통되었으며, 지하철의 길이는 총 447km에 달하며, 15개 노선에 265개 역을 가지고 있다. 지하철은 오전 5시 30분에 개장, 다음 날 오전 1시까지 영업한다. 열차 간 간격은 보통 약 2분 간격이나 출퇴근 시간에는 90초마다 한 대 꼴로 오기도 한다. 일일 이용자는 평균 2천4백만 명에 달하며, 모스크바의 대중교통 중 가장 높은 이용률을 자랑한다. 모스크바 지하철은 전 세계에서 도쿄 지하철 다음으로 가장 이용객이 많은 지하철이다.

모스크바 지하철의 가장 큰 특징은 땅속 깊이 위치해 에스컬레이터가 매우 길다. 100m가 넘는 곳이 흔하다. 가장 깊은 파르크포베디는 평균 깊이가 지하 84m, 최대 깊이는 97m다.

2018년 9월 모스크바 지하철 에스컬레이터

교차로에 선 삶의 무대

에스컬레이터 길이는 126m이고, 740개의 계단이 있다. 에스컬레이터를 타고 지면까지 약 3분이 걸린다.

대부분 승차장은 1면 2선식의 섬식 승차장이기 때문에 반대편으로 갈아타야 할 경우 맞은편 열차를 타면 된다. 승차장에 스크린 도어는 없다. 지하철 문 닫히는 속도도 빠른 편이다.

지하철 승강장은 바닥과 벽면이 대리석으로 만들어져 유럽 궁궐에서 볼 수 있는 고풍스러운 분위기를 풍긴다. 의자도 대리석으로 되어 있고 그 위의 조명 장식도 사치스러울 정도로 고급스럽다. 원형의 천장은 높고 시원한 느낌을 준다.

러시아 모스크바 지하철 역사 내부

모스크바를 여행하면서 가장 아름답고 특기할 만한 지하철역은 마야콥스카야 역, 콤소몰스카야 역, 플로샤드 레볼류치 역, 파르크포베디 역, 벨로루스카야 역, 도스토옙스카야 역 등이다.

2024년 9월, 딸과 함께 5박 6일간 도쿄를 여행하며 일본의 지하철을 두루두루 이용해 보았다. 도쿄 지하철은 전 세계에서 가장 복잡하고 잘 정비된 대중교통 시스템 중 하나로, 여행 중 도쿄의 다양한 모습을 탐험하는 데 없어서는 안 될 필수 교통수단이었다.

도쿄 지하철은 크게 도쿄 메트로와 도에이 지하철 두 개의 주요 운영 체계로 나뉘어 있으며, 그 외에도 JR선 및 민간 철도와 연결되어 있어 도쿄는 물론 주변 지역까지 쉽게 접근할 수 있다.

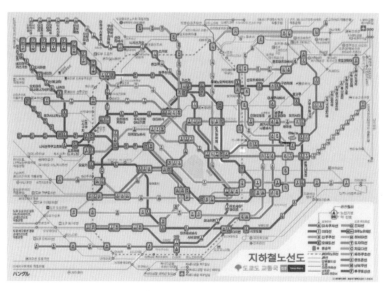

일본 도쿄 지하철 노선도

교차로에 선 삶의 무대

2024년 9월 일본 도쿄 지하철 플랫폼

처음 도쿄 지하철 지도를 마주했을 때는 수많은 노선과 교차점이 어지럽게 얽혀 있어 다소 압도당했다. 하지만 조금만 익숙해지니 그 복잡함 속에서도 질서와 효율성이 돋보였다. 노선 간 환승이 매우 체계적으로 이루어졌으며, 주요 역에는 영어 표기와 상세한 안내가 잘 되어 있어 외국인 여행자도 큰 어려움 없이 이용할 수 있었다. 도쿄 지하철의 특징 중 하나는 역마다 독특한 테마와 분위기를 가지고 있다는 점이었다. 일부 역은 단순한 이동의 공간을 넘어 예술적이고 창의적인 요소를 더해 관광지와 같은 매력을 지녔다. 예를 들어, 우에노역 근처에서는 미술관과 박물관을 연상시키는 디자인을 볼 수 있었고, 긴자

역은 주변의 고급스러운 분위기에 맞춰 현대적이고 세련된 느낌을 자아냈다. 또한, 일본 문화가 녹아 있는 전통적인 장식과 현대적인 기술이 조화를 이루고 있어, 도쿄 지하철은 단순한 교통수단 이상의 경험을 제공했다.

여행 중 가장 인상적이었던 것은 지하철 이용객들의 질서 있는 모습이었다. 도쿄는 세계에서 가장 인구 밀도가 높은 도시 중 하나지만, 러시아워의 혼잡한 시간에도 승객들은 정해진

일본 도쿄 지하철 내부

선을 따라 줄을 서서 열차를 기다렸다. 차에 탑승한 뒤에도 휴대폰을 무음으로 설정하거나 통화를 삼가며 주변 사람들에게 피해를 주지 않으려는 배려심이 돋보였다. 이는 도쿄 지하철이 단순히 효율적일 뿐 아니라, 도시 생활의 질서를 상징하는 공간이라는 것을 보여 주었다.

또한, 도쿄 지하철은 역마다 전광판과 디지털 화면을 통해 실시간 열차 정보가 제공되었으며, 대부분의 열차에서 와이파이가 지원되어 편리함을 더했다. 승강장에는 한국에 비해서는 덜 완벽하지만 낮은 스크린 도어가 설치되어 있었다. 특히, 외국인 여행객을 위해 개발된 '패스모'와 '스이카' 같은 교통카드는 한 번 충전으로 지하철, 버스, 편의점 등 다양한 곳에서 사용이 가능해 효율적이었다.

5박 6일의 도쿄 여행 동안 지하철은 도쿄를 이해하는 데 중요한 역할

교차로에 선 삶의 무대

을 했다. 도쿄의 랜드마크와 숨겨진 골목길을 연결해 주었을 뿐 아니라, 도시인의 삶과 문화까지 엿볼 수 있는 공간이었다. 매일 아침 붐비는 열차 속에서 만난 바쁜 직장인들, 관광객들, 그리고 질서와 배려가 어우러진 풍경은 도쿄만의 독특한 매력을 생생하게 느끼게 해 주었다.

#21

택배(宅配)

제2 직장인 CM 회사 본사에
서 PD 업무를 하면서 물류센
터 프로젝트들에 많이 관여하
고 있다. 부산 쿠팡 프로젝트
의 PD 역할을 하면서 CM사인
건원 엔지니어링의 CM 단장과
본사 비상주 기술자들, 발주처

쿠팡 대구 풀필먼트(from 쿠팡 뉴스 보도 자료)

인 쿠팡 담당자들과 설계사와 협업으로 프리콘 단계를 마치고, 지금은
시공 단계에 있다. 쿠팡 외에도 많은 물류 센터 프로젝트들을 수행하
고 있다. 이런 대형 물류 센터 프로젝트들이 진행되는 것은 우리 사회
에서 물류 트렌드 및 소비자의 행동 패턴 변화와 무관하지 않다.

온라인 쇼핑이 일상화되면서 전자 상거래 시장은 폭발적으로 성장
했으며, 이에 따라 기업들은 보다 빠르고 효율적인 배송을 실현하기
위해 대규모 물류 센터를 건설하고 있다. 쿠팡의 '로켓배송'이 대표적

예시로, 당일 배송이나 익일 배송
과 같은 빠른 서비스가 물류 인프
라에 대한 수요를 가속화했다. 이
는 단순히 창고로서의 기능을 넘
어 최첨단 자동화 물류 시스템과
빅 데이터 기반의 재고 관리를 적

한국 대표 배달 서비스 업체 로고

용한 대형 물류센터의 건설로 이어지고 있다.

오랜 해외 생활을 정리하고 한국으로 영구 귀국한 뒤, 처음에 아내
로부터 자주 "동남아 사람 같다."라는 말을 듣곤 했다. 교통편의 지리
도 서투르고, 키오스크 주문, 온라인 주문 및 배달 등 급격하게 변화되
고 진보된 전반적인 한국 사회 문물 환경에 대해 익숙하지 못한 부분
에 대한 농담이었다.

가장 인상적이고 놀라운 건 급속히 달라진 배달 문화이다. 전 세계
어디를 가도 배달이 존재하긴 하지만, 한국의 배달 시스템은 차원이
다르다. 한국의 택배와 배달 문화는 세계적으로도 주목받을 정도로 독
특하면서도 효율적으로 발전해 왔다. 이는 단순히 물건을 빠르게 배송
하는 서비스의 차원을 넘어, 한국 사회의 라이프 스타일과 소비자 문
화 전반에 지대한 영향을 미치고 있다. 이러한 문화가 형성된 배경에
는 한국의 인구 밀도, 첨단 기술의 도입, 그리고 빠른 도시화와 같은
여러 요인이 복합적으로 작용했다.

먼저 한국의 택배 문화는 놀라운 속도와 정확성을 바탕으로 발전했

다. 특히 '하루 배송'이나 '당일 배송'이라는 개념이 일상화된 한국에서는 소비자가 주문한 물건을 바로 다음 날 받아볼 수 있는 시스템이 이미 보편화되었다. 이는 고도의 물류 네트워크와 체계화된 시스템 덕분에 가능했다. 전국 곳곳에 위치한 물류센터들이 핵심 허브 역할을 하며, 소규모 지역 단위의 배송 거점이 효율적으로 연결되었다. 여기에 IT 기술의 발달로 실시간 배송 추적과 같은 편리한 서비스가 더해지면서 소비자들의 신뢰와 만족도는 더욱 높아졌다.

배달 문화 역시 한국의 일상에서 떼려야 뗄 수 없는 존재가 되었다. 과거 전통적인 한식당의 배달 서비스가 그 시작이었으나, 현재는 음식의 종류에 상관없이 거의 모든 메뉴를 배달할 수 있는 시대가 되었다. '배달의 민족', '요기요', '쿠팡이츠'와 같은 플랫폼들이 등장하면서 소비자들은 스마트폰을 통해 간단한 터치만으로도 음식을 주문하고 배달받을 수 있게 되었다. 이러한 변화는 단순히 배달 음식의 양적 증가만을 의미하지 않는다. 배달 음식의 질적 향상과 다양성의 확장으로 이어졌으며, 동시에 일상생활의 편리함을 극대화했다. 직장인들은 점심시간을 절약할 수 있게 되었고, 바쁜 현대인들에게는 시간과 에너지를 아끼며 삶의 여유를 누릴 수 있는 기회를 제공했다.

한국의 배달과 택배 문화가 이토록 빠르게 발전하게 된 데에는 사회적, 경제적 요인도 중요한 역할을 했다. 인구 밀도가 높은 도시 환경은 효율적인 배송과 배달 시스템을 구축하는 데 최적의 조건을 제공했다. 특히 수도권을 중심으로 한 촘촘한 도로망과 교통 인프라는 빠른 이동을 가능하게 했으며, 이는 자연스럽게 물류와 배달 서비스의 혁신으로 이어졌다. 더불어 경쟁이 치열한 한국 시장에서는 기업들이 차별화된 서비스를 제공하기 위해 지속적으로 새로운 기술과 아이디어를 도입하게 되었고, 이러한 경쟁은 결국 서비스의 질적 향상으로 귀결되었다.

기술 발전 역시 빼놓을 수 없는 중요한 요인이다. 스마트폰과 모바일 결제 시스템의 보편화는 한국의 배달과 택배 문화를 급속도로 발전시켰다. 이제 소비자들은 PC가 아닌 스마트폰 하나만 있으면 언제 어디서든 원하는 상품을 주문하고 결제할 수 있으며, 그 과정에서 간편함과 신속함을 동시에 경험한다. 또한 인공지능(AI), 빅 데이터 분석, 로봇과 드론 배송 등 새로운 기술의 도입은 앞으로 한국의 배달과 택배 문화를 더욱 혁신적으로 변화시킬 것이다.

하지만 이러한 편리함 뒤에는 몇 가지 문제점도 존재한다. 과도한 경쟁으로 인한 택배 기사와 배달원의 노동 강도는 지속적으로 사회적 이슈로 부각되고 있다. 또한 배송과 배달의 속도를 맞추기 위해 발생하는 과

아파트 내 택배 차량

도한 포장 쓰레기 문제는 환경적으로 심각한 문제로 대두되고 있다.

최근에는 이러한 문제를 해결하기 위한 다양한 노력도 시도되고 있다. 친환경 포장재를 도입하거나, 재활용 시스템을 강화하는 등의 방

식으로 지속 가능한 물류 시스템을 구축하려는 움직임이 나타나고 있다. 동시에 플랫폼 기업들은 배달원과 택배 기사의 복지를 개선하고 노동 환경을 보장하기 위해 여러 제도적 변화를 꾀하고 있다.

　인도 뭄바이에서 약 6년 반 동안 살면서 매우 인상 깊었던 배달 문화가 있었다. '런치 박스'라는 영화가 나올 정도로 인도는 도시락 배달 서비스가 잘 되어 있는 나라이다.

인도 뭄바이 도시락 배달 서비스(다바왈라)

　인도에서는 이 배달 서비스를 '다바왈라(Dabbawala, 힌디어로 '즐거움')'라고 부른다. '다바왈라'는 주로 뭄바이를 중심으로 제공되는 서비스로, 정해진 지역의 등록자를 대상으로 정해진 시간에 각자 집 앞에 내놓은 도시락을 수거해 직장에 배달하고, 식사를 마친 이후에는 도시락을 회수해 원래 가정에 반환하는 상당히 체계적인 서비스이다.

19세기 말 영국 식민 시대에 영국 회사에서 일하는 인도인들이 직장에서 제공되는 식사에 익숙하지 않아 자신의 집에서 만든 음식을 도시락으로 가져가기 위해 사람을 고용했던 방식에서 유래가 되었다. 현재 이 배달 시스템은 스마트 기술 없이 100% 인력만으로 운영되고 있는데 영화 '런치 박스'에서와 같은 배달 실수 확률은 거의 없을 정도고 정교하고 신속한 체계에 따라 이루어진다. 인도 사람들은 배달 실수 확률이 거의 전무(全無)하다고 확신한다.

한국의 택배와 배달 문화는 앞으로도 지속적인 발전이 예상된다. 하지만 그 과정에서 발생하는 다양한 사회적 문제들을 해결하기 위한 노력도 함께 이루어져야 할 것이다. 기술의 발전과 지속 가능한 시스템의 도입을 통해 한국의 택배와 배달 문화는 더욱 성숙하고 균형 잡힌 모습으로 나아갈 수 있을 것이다.

86세대 영 시니어들이 온라인 쇼핑을 선호하는 가장 큰 이유는 시간 절약 효과다. 거기다 새벽 배송, 당일 배송 서비스 덕분에 체력 부담을 줄일 수 있다는 점도 한몫한다. 장을 본 뒤 무거운 짐을 들고 올 시간을 생각하면, 조금 더 비싸더라도 손가락으로 쇼핑하는 게 훨씬 편하기 때문에 식료품이나 화장품, 신발, 건강 보조 식품 등을 대부분 온라인에서 구매하는 경우가 많다. 이는 자녀의 도움을 받거나 유튜브 등의 도움을 받아 60대 이상 소비자층도 온라인 주문 서비스를 활용함으로써 구매 상품이 다양해졌고, 거래액도 점차 늘고 있다.

귀국 후 쿠팡의 와우 회원에 가입하여 신용 카드 번호와 주소를 입력하였고, 그다음부터는 필요한 물건이나 책들을 고른 뒤 스마트폰을 손가락으로 스윽 밀기만 하면 빠르면 당일에도 배달을 해서 아파트 현관에 갖다 놓는 구매에 이미 익숙해져 있다.

아파트 엘리베이터 홀에서 앞집 풍경을 볼 때면 더욱 실감이 간다. 아파트의 앞집은 3세대가 같이 사는 가정인데, 아침 출근 길마다 그 집 앞에 쌓여 있는 택배 물품을 자주 접하게 된다. 마

현관 앞 배송 물품

치 전날 밤 잠들기 전 주문했던 물건들이 꿈의 세계를 넘어 새벽에 도착한 느낌이 한국 배달 문화의 축소판처럼 느껴진다.

교차로에 선 삶의 무대

22

종교(宗敎)

어린 시절, 집에서 혼자 유일하게 다니던 교회는 동네 뒷마을 언덕 위에 자리 잡고 있었다. 작은 마을을 내려다보는 그 교회는 낮에는 참 아늑하고 포근했다. 새벽 예배에 참석하려고 아직 어둑어둑한 시간에 집을

교회(from 픽사베이 무료 이미지)

나서면, 인적이 드문 언덕길이 무섭게도 느껴졌지만 점점 가까워지는 교회의 희미한 불빛은 안도감을 주었고, 주일 학교 선생님이 출석 표에 동그라미를 쳐 주시고, 크리스마스 때 상장을 주시는 데 용기를 냈었다.

성탄절 전야 예배 때 어린이 연극에서 등에 고무공을 넣고 그 위에 낡은 겨울 스웨터를 걸치고 꼽추 할아버지 연기를 했던 기억만이 아련히 남아 있다.

어린 시절 또 다른 기억으로 는 매년 때가 되면 할머니는 당 신 방 한쪽 모퉁이에 볏짚을 가 지런히 깔아 놓고, 하얀 쌀밥을 고봉으로 담은 흰 사발과 찬물 을 담은 사발을 정성껏 준비해 나란히 올려 두셨다.

삼신할머니 제사

그리고 무릎을 꿇고 두 손을 모은 채 삼신할머니께 기도하셨다. 할머니는 매년 이런 의식을 통해 가족의 안녕과 행복을 기원하셨고, 특히 집안의 자식들, 손주들의 건 강과 성공을 빌며 깊은 간절함을 담으셨다. 그 기도 속에는 어떤 의무 감이나 형식적인 느낌이 없었고, 오히려 순수한 정성과 사랑만이 담겨 있었다.

의식은 단순하고 소박했지만, 할머니의 태도는 그 어떤 종교 의식보 다도 엄숙하고 진지했다. 볏짚을 깔고 음식을 올리는 것은 단지 전통적 인 형식이 아니라, 삼신할머니에 대한 최대한의 예의를 표하는 것이었 다. 할머니의 눈빛과 손길은 매 순간 정성을 다하고 있음을 보여주셨다.

지금 돌아보면 그 기도 속에는 가족에 대한 무한한 사랑과, 삶의 크 고 작은 불확실성 속에서 희망을 찾으려는 진심 어린 간청이 담겨 있 었음을 알 수 있다. 가족을 지키기 위한 그 간절함은 당시에는 종교적 인 이름이 붙지 않았을지언정, 그 본질은 종교와 다르지 않았다. 할머

교차로에 선 삶의 무대

니께 삼신할머니는 믿음을 통해 삶의 안정과 평안을 구하는 대상이었고, 가족의 행복을 위해 기꺼이 몸을 낮추어 소원을 빌게 만드는 존재였다.

이러한 삼신할머니 신앙은 집안의 전통적 배경 속에 자연스럽게 자리 잡고 있었지만, 이모가 목사님과 결혼하면서부터 할머니, 어머니, 아버지 모두 기독교 신앙을 갖게 되었다. 아버지께서도 청년 시절 잠시 교회를 다니신 전력이 있었다고 하셨다. 삼신할머니를 모셨던 할머니께서는 활자체가 커다란 성경책을 펴 놓고 시간 나실 때마다 소리 내어 읽으셨고, 새벽 예배 때는 목사님보다 먼저 교회에 나가서서 의자에 방석을 까는 일을 도맡아 하실 정도로 신앙심이 돈독해지셨고, 어머니는 권사로, 아버지는 장로로 재직하셨다. 결혼해서 아내와 일요일에 본가를 찾으면 어머니께서는 교회 예배당 맨 앞줄에 온 식구가 나란히 앉아서 예배드리는 걸 매우 뿌듯해 하셔서 부담스러웠지만 어머니 의지대로 해 드렸다. 이런 이유로 결혼식 날을 일요일이 아닌 10월 9일 한글날로 정했고, 가족이 다니는 교회 목사님이 주례를 서 주셨다.

해외에서 23년 동안 7개 나라에서 근무하면서 유일하게 가족이 나와 있던 대만에서는 아내와 아이들은 한인 교회에 다닌 적이 있고, 혼자 나가 있던 인도 뭄바이와 사우디아라비아 리야드에서는 한인 교회에 다닌 적이 있다.

사우디아라비아는 이슬람의 종주국으로서, 종교적 관습과 법률이

사우디아라비아 리야드 안디옥 교회

이슬람교를 중심으로 엄격히 운영되었다. 사우디아라비아에서는 금요일이 주 예배일로 지정되어 있었고, 이날을 공식적인 휴일로 삼았다. 이에 따라 한국인 교회 역시 현지의 종교적 관습과 법적 규제를 따르며 주일 예배를 금요일에 드렸다.

그러나 사우디아라비아 내에서는 이슬람 외의 종교 활동이 매우 제한적이었고, 교민 사회에서도 기독교와 같은 종교 활동을 공공연히 하기가 어려웠다. 이러한 상황에서 한국인 교회는 리야드 근교의 외곽 지역에 위치한 빌라를 빌려 예배 공간으로 사용했다. 이 빌라 내부에 예배실을 조성하여 교민들이 모여 예배를 드릴 수 있는 은밀하고 안전한 장소를 마련했다.

예배 참석은 주로 입소문이나 교민 네트워크를 통해 비공식적으로

교차로에 선 삶의 무대

이루어졌으며, 예배 장소와 시간에 대한 정보도 외부로 노출되지 않도록 관리했다. 이 과정에서 교회 운영진과 교인들은 현지 법규를 위반하지 않기 위해 최대한 주의했으며, 종교 활동이 외부에 알려지지 않도록 조심스러운 태도를 유지했다. 이처럼 제한적인 환경 속에서도 한국인 교회는 교민 사회의 중요한 신앙적 중심지 역할을 했다.

사우디아라비아라는 특수한 환경에서, 교회는 단순히 종교적 모임의 장을 넘어 교민 간의 유대감을 강화하고, 타국 생활 속에서 서로에게 위로와 지지를 주는 중요한 공동체로 기능했다.

이러한 교회의 역할은 교민들에게 신앙생활을 지속할 수 있는 힘을 제공했으며, 그들이 문화적, 종교적 차이 속에서도 신앙을 지키며 살아갈 수 있는 버팀목이 되었다.

사우디아라비아 리야드 안디옥 교회 예배 후 점심 식사

사우디아라비아 리야드에 있는 한인 교회인 '안디옥 교회'는 사우디아라비아 축구 프로 리그에서 활동했던 이영표 선수도 이 교회에 다녔고, 조진웅 목사님과 약 50여 명의 신도가 있었다. 특히 금요일 주일 예배를 마치면 모두가 한자리에 모여 점심 식사를 같이하면서 담소를 나누는 모습이 보기 좋았다.

근무했던 7개 나라를 종교로 구분하면 말레이시아, U.A.E, 사우디아라비아, 방글라데시가 이슬람 국가이고, 인도는 힌두교, 싱가포르와 대만은 불교가 주를 이루고 있다.

대만에서 행해지는 전통 종교의 대부분은 불교, 도교, 그리고 민간 신앙이다. 대부분의 종교 장소들은 이 세 가지 전통 종교가 혼재되어 있었다. 도교는 중국의 토착 종교이다. 도교의 많은 신들은 실제로 과거에 존재했고 사회에 중요한 공헌을 함으로써 신격화된 인물들이다. 17세기에 대만에 들어온 도교는 중국 문화의 정신을 구현했기 때문에 일제강점기에는 억압되었고, 그 기간 동안 도교 신자들은 비밀리에 그들의 신을 숭배해야 했다. 오늘날 불교와 도교는 융합된 형태를 띤다. 모든 종류의 신들이 같은 사원에서 숭배되고 있으며, 대만 종교의 독특한 특징 중 하나로 자리 잡았다.

대만 타이베이 101타워 현장에서 근무하는 동안에도 어김없이 매월 삭망(초하루와 보름)에는 신에게 제사를 올렸다. 아침 일찍부터 현장에는 대만 현지인 근로자들이 발주처에서 차려 놓은 제단에 수도 없이 절(배, 拜, 바이바이)을 하는 모습을 보아 왔다. 현장에 관리자로 있던 우리 한국인들이나 일본인들도 예의상 아침에 출근해서 한 번쯤은 절을 올리면서 발주처 사람들에게 눈도장을 찍곤 했었다.

일반 가정이나 길거리 가게들도 매월 삭망에는 종이로 만든 가짜 돈이나 의례용 종이 제품을 불에 태워 연기로 소망을 하늘로 전했다. 이러한 장면은 거리 곳곳에서 볼 수 있었으며, 초하루와 보름이 되면 도시 전체

대만 타이베이 삭망제 때 태우는 가짜 돈

가 향 연기로 가득 차는 독특한 풍경이 연출되었다.

특히, 그들이 연기에 실어 빌었던 소원은 대체로 가족의 건강, 행복, 사업의 번창 등 현실적이고 소박한 염원이었다. 이러한 의식은 단순한 종교적 행위 이상의 의미를 지녔으며, 지역 사회와 가족 간의 유대를 강화하고 개인의 신앙심을 표현하는 중요한 문화적 전통이었다. 이처럼 대만에서의 삭망 제사는 대만인의 신앙과 전통을 깊이 이해할 수 있는 기회이자, 현지 생활에서 색다른 문화적 경험을 제공해 준 의미 있는 순간이었다.

말레이시아, UAE, 사우디아라비아, 방글라데시를 포함하여 약 13년 동안 이슬람권에서 생활하며, 이슬람이라는 종교가 단순히 신앙을 넘어 일상생활 깊숙이 스며들어 있음을 피부로 느낄 수 있었다. 이슬람은 단순한 종교적 체계가 아니라, 그들의 삶의 방식을 규정하는 철저

한 원칙이자 문화적 뿌리였다. 특히 이슬람권의 사람들에게 신앙은 개인의 정체성이자, 공동체와의 유대를 강화하는 강력한 힘으로 작용했다. 이슬람교를 믿는 무슬림들은 크게 수니파와 시아파로 나뉘지만, 그들이 일상 속에서 실천하는 신앙생활은 공통적으로 경건하고 엄격하며 체계적이었다. 하루 다섯 번의 기도(살라)는 그들에게 단순한 의무 이상의 의미를 지녔다. 사우디아라비아에서 근무할 때는 기도 시간이 되면 도시 전체가 정지된 것처럼 느껴지곤 했다. 상점의 문이 닫히고 거리의 소음이 사라지며, 사람들은 기도 매트를 펼쳐 어느 곳에서든 메카를 향해 절을 올렸다. 이런 모습은 처음엔 낯설고 불편하게 느껴졌지만, 시간이 지나면서 그것이 얼마나 자연스러운 일상인지를 이해하게 되었다.

2010년 11월 UAE 두바이 알바샤 모스크

교차로에 선 삶의 무대

말레이시아에서는 이슬람이 다른 민족과 종교와의 공존 속에서도 자연스럽게 삶의 일부로 자리 잡고 있었다. 이슬람 신앙에 기반한 할랄 음식 문화는 무슬림뿐만 아니라 비무슬림들에게도 익숙하게 자리 잡고 있었고, 대도시의 현대적 생활 속에서도 신앙적 정체성을 잃지 않는 모습이 인상 깊었다. 반면, 방글라데시에서는 신앙이 공동체의 결속력을 강화하는 데 핵심적인 역할을 했다. 라마단 기간 동안, 사람들이 함께 금식을 지키고, 저녁이면 온 가족과 이웃들이 모여 이프타르를 나누는 모습은 단순히 종교적 의무를 넘어선 따뜻한 연대감과 공동체 의식을 보여 주었다.

UAE와 사우디아라비아에서는 이슬람의 율법인 샤리아가 사회적, 법적 시스템의 근간을 이루었다. 특히 사우디아라비아에서의 생활은 종교적 율법이 개인의 행동뿐만 아니라 사회 구조를 얼마나 철저히 규정할 수 있는지를 체감하게 해 주었다. 여성의 복장 규정인 아바야와 공공장소에서의 남녀 분리 문화는 처음에는 제약처럼 느껴졌으나, 이는 이들 사회가 종교적 규범을 통해 조화를 이루고자 하는 방식임을 점차 이해하게 되었다.

이슬람권의 신앙생활에서 가장 인상적이었던 부분은 종교가 개인적인 경건함뿐만 아니라 공동체와의 연대를 위한 기초 역할을 한다는 점이었다. 자카트(자선)와 같은 전통은 부유한 사람들이 가난한 사람을 돕는 체계로 자리 잡고 있었고, 단순한 기부를 넘어선 종교적 의무였다. 이러한 전통이 어떻게 사회의 안전망으로 작용하며 사람들 간의

유대감을 강화하는지 직접 목격
할 수 있었다. 무슬림들의 신앙
은 삶의 철학이자, 인간관계와
사회적 규율을 통합하는 근간이
었다. 종교적 의례와 생활이 분
리되지 않는 그들의 삶은 종교

사우디아라비아 리야드 모스크 예배

의 의미와 역할에 대해 깊은 생각을 하게 만들었다. 이슬람권에서의
13년은 종교가 단순한 믿음을 넘어 삶의 일상과 얼마나 밀접하게 얽혀
있는지를 깨닫게 해 주었다. 이들은 신앙을 통해 자신의 정체성을 유
지하고, 공동체를 강화하며, 삶 속에서 지속적인 의미를 찾고 있었다.
이러한 경험을 통해 더 넓은 시야로 세상을 바라볼 수 있게 되었고, 종
교와 문화의 다양성을 이해하는 데 도움이 되었다.

　또한 이슬람권의 라마단은 말레이시아에 근무하면서부터 이미 경험
한 종교 문화이다. 아랍 국가 중 분위기가 자유로운 편인 UAE 두바이
도 라마단 기간은 철저히 지킨다. 라마단이란 아랍어로 '더운 달'을 뜻
한다. 천사 가브리엘이 무함마드에게 코란을 가르친 신성한 달로 여
겨, 이슬람교도는 이 기간 일출에서 일몰까지 의무적으로 금식한다.
다만, 여행자, 병자, 임신부 등은 면제되는 대신, 후에 별도로 수일간
금식해야 한다. 신자에게 부여된 5가지 의무 가운데 하나이며, '라마
단'이라는 용어 자체가 금식을 뜻하는 경우도 있다. 이 기간에는 해가
떠 있는 동안 음식뿐만 아니라 담배, 물, 성관계도 금지된다.

라마단이 끝난 다음 날부터는
축제가 3일간 열려 맛있는 음식
을 주고받는다. 라마단 기간 중
에는 호텔을 포함한 모든 식당
이 일몰 이전까지는 문을 닫으
며, 외국인도 낮에는 공공장소

사우디아라비아 라마단 기간 이프타르

에서 흡연, 식음 등을 금한다. 단, 호텔 내 룸서비스는 가능하다. 두바
이도 이때는 쇼핑몰 내의 레스토랑을 제외하고는 대부분의 레스토랑
이 일몰 후에 문을 열며, 아예 일몰까지 문을 닫는 상점들도 많다. 건
설 현장은 초기 공사 계획을 세울 때 아예 라마단 기간의 작업 생산성
이 떨어지는 걸 감안해서 공사 기간을 반영한다. 작업 효율성을 높이
기 위해서 낮에 금식을 해야 하는 근로자들을 위해 근무 시간을 조정
해서 야간 위주로 작업 시간을 배치하였다.

인도에서도 6년 반 동안 생활하면서 그들의 종교에 대해 직접 경험
해 보았다. 인도는 힌두교의 나라로 알려져 있지만 불교의 발상지이기
도 하다.

불교를 창시한 석가는 인도와 네팔의 국경 부근에서 태어났으며 그
의 흔적들을 인도 곳곳에서 만날 수 있다. 석가가 깨달음을 얻기 위해
고행을 행한 장소와 성도를 거쳐 세상에 설법을 전파시켰던 자리, 수
행에 의해 진리를 체득해 일체의 속박에서 해탈한 최고의 경지인 열반

인도의 불교 성지 사르나트 녹야원

에 든 곳까지 모두 인도에 있다.

인도는 힌두교, 불교, 자이나교, 시크교 등 4개 종교의 발상지이며 이슬람교, 기독교, 조로아스터교, 유대교 등 다양한 외래 종교가 공존하고 있는 나라이다.

종교는 인도 국민의 일상생활과 불가분의 관계에 있으며 종교 없는 생활은 생각할 수조차 없을 정도로 종교는 인도인의 생활과 밀착되어 있다고 할 수 있는 바, 종교는 인도인의 일상생활에 지배적인 영향을 끼치는 중요한 요소다. 인도 헌법은 모든 종교에 대한 무차별, 신앙의 절대 자유를 보장하고 있으며, 모든 종교는 국가로부터 동등한 대우를 받고 있다.

힌두교는 BC 2000년경 아리안족 침입 후 최고 경전 베다가 집대성되면서 정치, 사회생활을 지배해 왔으며, 이슬람교 등 이교도의 수세기 동안에 걸친 침략 속에서도 이에 동화되지 않고 오히려 포용하면서 오늘에 이르렀다.

드라비다족의 토속 신앙, 아리안족의 자연신 숭배 등에 바탕을 둔 다신교인 힌두교는 외래사상과 종교 등에 대한 인내와 관용을 특징으로 하며 생활 경험, 도덕, 사회 관습, 규범의 총체로서 다르마(Dharma, 정의 또는 의무)에 따른 수도 생활과 최고 정신을 탐구하는 고도의 생활 철학적 종교이다.

소를 신성시하고 카스트 제도를 정착시킨 힌두교는 해외 전파보다는 인도인의 종교로 존속하길 바라는 성향을 띠고 있다. 현재 약 9.1억 명에 이르는 신도를 가진 힌두교는 인도 사회에서 절대적 우위를 차지하는 종교이다.

2004년 인도 마두라이 스리미낙시 힌두교 사원

이슬람교는 AD 11세기 이슬람 세력의 인도 서북부 침입으로 술탄 왕조가 성립되면서 전래되었고, 무굴 제국 전성기에 델리를 중심으로 번성하였으며, 현재 약 1.5억 명의 신도를 가진 인도 제2의 종교이다. 이슬람교는 술탄 왕조에 의한 힌두교 탄압으로 때때로 힌두교와 충돌해 왔으나 상호 교류 속에 공존하려는 노력을 기울여 왔으며, 건축, 회화 등 인도문화의 다양화에 크게 기여하였으나, 현재 힌두교와 예민한 갈등 관계에 있다.

기독교는 AD 1세기 성 토마스에 의해 처음 전래되었다. 기독교는 영국 통치 시대에 케랄라, 타밀나두 등 주로 인도 남부 지방에 뿌리를 내렸다. 약 2,600만 명의 신도를 가진 제3의 종교로서 개신교는 거의 없고 대부분이 가톨릭이다.

2023년 10월, 아제르바이잔, 아르메니아, 조지아를 포함한 코카서스 3국을 여행하며 그 지역의 다채로운 문화와 역사를 직접 경험할 기회를 가졌다. 여행 중 가장 자주 찾았던 곳은 이들 지역에 깊게 뿌리내린 종교적 전통과 신앙의 중심인 정교회 성당이었다. 각각의 나라는 저마다 고유한 역사적, 종교적 배경을 가지고 있었으며, 이는 각 성당의 건축 양식, 내부 장식, 그리고 그 안에 담긴 이야기에 고스란히 녹아있었다.

아제르바이잔에서는 이슬람교의 영향이 뚜렷했다. 수도 바쿠에서는 아름나운 모스크와 고대 조로아스터교의 흔적이 남아 있는 불의 신전을 방문하며 이슬람과 그 이전의 신앙 체계가 어떻게 공존하고 융합되었는지 살펴볼 수 있었다. 그와 동시에, 소수 기독교인들이 사용하는 성당들을 방문하며 종교적 다양성과 조화를 엿볼 수 있었다.

교차로에 선 삶의 무대

2023년 10월 아제르바이잔 조로아스터교 성지 불의 사원 아테슈가

아르메니아는 세계 최초로 기독교를 국교로 채택한 나라로, 이곳의
정교회 성당은 그들의 신앙과 정체성을 상징했다. 에치미아진 대성당
은 아르메니아 정교회의 중심지로, 그 웅장함과 고요한 분위기는 나를
압도했다. 성당의 돌벽에 새겨진 섬세한 십자가 문양과 성물 보관소에
전시된 유물을 보며, 이들이 얼마나 오랜 세월 신앙을 지켜 왔는지 깨
달을 수 있었다.

조지아에서는 조지아 정교회의 독특한 건축 양식과 풍경이 어우러
진 성당들이 특히 인상적이었다. 스베티츠호벨리 성당이나 게르게티
트리니티 교회를 방문했을 때, 성당이 주변 자연과 조화를 이루며 세
워져 있는 모습이 마치 신과 인간을 연결하는 다리처럼 느껴졌다. 이
곳의 성당들은 한적한 산 속이나 절벽 위에 자리 잡고 있어, 그곳에 도

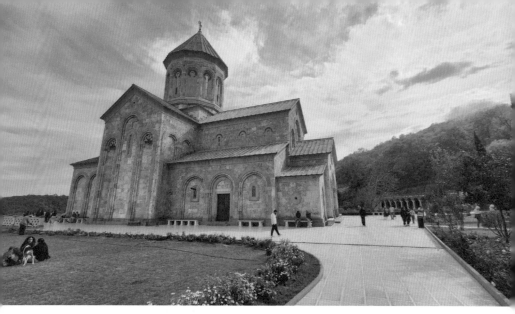

2023년 10월 조지아 므츠헤타 스베티츠호벨리 정교회 대성당

달하기 위해 긴 여정을 감수해야 했지만, 성당 내부의 경건한 분위기와 창문 사이로 스며드는 빛은 그 모든 노력을 보상해 주었다.

흥미롭게도 이 세 나라의 종교는 서로 다르면서도, 각자의 역사 속에서 깊은 영향을 주고받았다. 아제르바이잔의 이슬람교, 아르메니아의 아르메니아 정교회, 조지아의 조지아 정교회는 각기 다른 신앙 체계를 가지고 있었지만, 이들이 공유하는 고대의 문화적 뿌리와 코카서스 지역 특유의 종교적 열정은 여행 내내 매료시켰다.

코카서스 3국을 여행하며, 단순히 종교적 장소를 방문한 것이 아니라, 그곳에 깃든 신앙과 역사를 통해 이 지역 사람들이 살아 온 시간과 그들이 간직한 영혼을 이해하는 특별한 경험을 할 수 있었다.

교차로에 선 삶의 무대

형제자매 4남매 중에 둘째인 여동생 내외가 열심히 교회에 나가고, 처가 6남매 중에 큰 처형과 둘째 처형 내외분만 교회가 나가고 밑으로 4남매는 교회에 나가지 않고 있다. 그래도 은퇴 후에는 아내와 합의해서 교회든 성당이든 나갈 생각을 갖고 있다.

시니어 라이프에서 절이든 교회나 성당이든 신앙생활을 중심으로 한 커뮤니티는 부모님의 예에서 보았듯이 매우 권장할 만한 한 것 같다. 종교 활동은 은퇴 후 새롭게 다가오는 삶의 공백을 메우고 안정감을 주는 역할을 한다. 오랜 직장 생활에서 은퇴한 후에는 시간적 여유가 생기지만, 그 여유가 공허함으로 다가오는 경우가 많다. 이때 종교 생활은 삶의 새로운 리듬을 제공하고, 하루하루를 더 의미 있게 만들어 준다. 예배나 미사, 참선과 같은 의식은 단순히 종교적 활동을 넘어 내면을 돌아볼 기회를 제공하며, 정서적 안정을 도와준다. 부모님 세대를 보며 이런 점을 더욱 실감할 수 있었다. 종교 활동을 중심으로 한 커뮤니티 속에서 그분들은 자연스럽게 사람들과 교류하고, 같은 신앙을 가진 이들과 공감대를 형성하며 풍요로운 노년을 보내셨다. 또한, 종교 활동은 인간관계에서 중요한 역할을 한다. 은퇴 후에는 사회적 활동이 줄어들고, 가족이나 가까운 친구들 외에는 새로운 사람들을 만날 기회가 적어진다. 그러나 종교 커뮤니티는 자연스럽게 사람들을 만나고 관계를 맺을 수 있는 환경을 제공한다. 신앙을 매개로 한 관계는 단순한 인간관계를 넘어 서로를 지지하고 위로하는 의미 있는 유대를 형성할 수 있다. 이는 노년의 외로움을 해소하는 데 큰 힘이 된다.

뿐만 아니라, 신앙생활은 삶의 목적과 방향성을 찾는 데도 도움을 준다. 종교는 단순히 믿음의 영역을 넘어, 자신을 돌아보고 현재의 삶을 더욱 풍요롭게 만들어 준다. 봉사나 나눔의 활동을 통해 주변 사람들과 함께하는 경험은 자신이 사회에 여전히 기여하고 있다는 만족감을 준다. 이는 곧 삶에 대한 의욕을 높이고, 정신적으로도 긍정적인 영향을 미친다. 우리 부부 역시 은퇴 후 이러한 경험을 통해 서로를 더욱 이해하고 삶을 의미 있게 만들고자 한다.

결국 종교 활동은 은퇴 후 시니어 라이프에서 삶의 질을 높이는 데 중요한 역할을 한다고 생각한다. 이는 단순히 신앙을 위한 선택이 아니라, 노년을 더 건강하고 행복하게 보내기 위한 길이 될 것이다. 교회든 성당이든, 혹은 절이든 그 형태와 상관없이 신앙생활을 중심으로 한 커뮤니티는 은퇴 후 삶의 새로운 시작을 열어줄 든든한 기반이 될 것이다.

교차로에 선 삶의 무대

23

공원(公園)

귀국 후 휴일 오후에 자주 찾는 공원 중 하나는 암사 역사공원이다. 집에서 도보로 약 1km 정도 떨어져 있어 산책 삼아 걷기에 적당한 거리이며, 입장료 1,000원을 내고 들어가지만 조용하고 평온한 분위기가 감돌며 공원 자체는 도심 속 분주함과는 완전히 단절된 듯한 아늑한 느낌을 준다.

공원 내부는 놀랍게도 찾는 사람이 많지 않아 호젓한 분위기를 만끽할 수 있다. 간혹 어린이들과 엄마, 아빠가 함께 나들이를 온 몇몇 가족 단위 방문객들이 잔디밭이나 나무 아래에서 시간을 보내는 모습을 볼 수 있지만, 대체로 한적한 편이다.

산책로는 공원의 역사를 품은 고즈넉한 풍경과 잘 어우러져 있다. 소나무로 둘러싸인 길을 따라 걸으면 솔잎 사이로 햇살이 스며들어 아름다운 빛과 그림자를 만들어 내고, 곳곳에 배치된 벤치와 쉼터는 걸음을 멈추고 쉬어 가기에 안성맞춤이다. 특히, 공원의 이름에서도 알 수 있듯 암사 역사공원은 선사 시대 움집터 등의 유적지들이 내부에

암사 역사공원

있어서 고대 유적과 역사적 자료를 접할 수 있다. 또한, 공원은 다른 공원들과 달리 지나치게 붐비지 않기 때문에 걷는 동안 고요한 분위기 속에서 아내와 담소를 나누기에도 좋다. 바람이 나뭇잎을 스치는 소리와 멀리서 들리는 아이들의 웃음소리만이 배경음처럼 들려오는 이곳은, 일상에서 잠시 벗어나 여유로운 시간을 보내기에 더없이 완벽하다. 공원을 걷다 보면 주변의 식물과 계절마다 변하는 풍경 속에서 소소한 행복을 느끼게 된다.

암사 역사공원과 함께 자주 찾는 공원은 한강 변에 있는 암사 생태공원이다. 이 공원은 도심 속에서 자연 그대로의 모습을 보존하려는 노력이 돋보이는 곳으로, 한강과 연결된 습지와 풍성한 초목들이 매력적이다. 공원 산책로를 따라 걸으며 들리는 새소리와 나뭇잎 사이로

교차로에 선 삶의 무대

스며드는 햇살은 바쁜 일상 속에서 잊고 지냈던 자연의 소리를 떠올리게 해 준다.

산책하면서 한강과 생태공원의 조화로운 풍경을 바라볼 수 있고, 한강에 서식하는 새들과 습지의 생태계를 관찰하면서 단순한 운동 이상의 즐거움이 있다. 이렇게 주말의 공원에서 보내는 시간은 자연과 교감하며 일상에서 잃기 쉬운 여유와 평온을 되찾게 해 준다.

평일에는 아침마다 따릉이를 타고 출근하는 길에 잠실 한강 공원을 찾는 것이 중요한 루틴이 되었다. 집과 사무실의 중간 지점인 잠실 한강 공원에 도착하면 공원의 나무 테이블이 있는 쉼터에 따릉이를 세우고, 간단한 체조를 한 뒤 준비해 간 간식과 커피를 마신다.

한강 잠실 공원

이른 아침의 한강은 도시의 분주함과는 거리가 멀어, 도도히 흐르는 강물과 새벽의 차분한 공기가 어우러져 고즈넉한 분위기를 만들어 낸다. 강변을 따라 잘 정돈된 초목과 계절마다 새롭게 피어나는 꽃들을 바라볼 때면 자연의 아름다움이 주는 위안을 느낄 수 있다. 공원의 테이블 벤치에 앉아 준비해 온 모닝커피를 천천히 마시는 시간은 하루를 준비하는 일종의 의식이고, 잠실 롯데 타워 옆으로 떠오르는 해가 한강과 공원 주변을 금빛으로 물들이며 하루를 열어 준다. 이 순간만큼은 한강 공원이 마치 혼자만의 공간처럼 느껴지고, 도시 속에서 자연을 가까이 느낄 수 있는 소중한 시간이 된다. 강변을 걷거나 자전거를 즐기는 다른 사람들의 모습도 눈에 들어오지만, 조용히 앉아 공원의 주인이 된 듯한 마음으로 여유를 만끽할 수 있다.

한강 공원과 암사동 공원은 도심 속에서 자연의 숨결을 가장 가까이 느낄 수 있는 공간이고, 그곳에서의 시간은 활력과 영감을 주는 소중한 순간이다.

새벽잠이 없는 습관 때문에 해외 근무지에 부임하면 제일 먼저 집 근처에 공원이 있는지부터 찾아보았다. 지난 모든 해외 현장 생활 중 집 근처 공원에서 새벽 산책을 하는 시간은 유일하게 혼자만의 자유를 누릴 수 있고, 현장의 스트레스에서 벗어날 수 있는 사색의 시간이었다. 늘 이방인이라서 현지인들에게는 낯설게 금방 눈에 띄었지만 아랑곳하지 않고 그들과 반가운 인사를 나눴다.

교차로에 선 삶의 무대

1993년 말레이시아 쿠알라룸푸르에서 시작된 새벽 산책은 싱가포르의 주롱 공원, 대만 타이베이의 신이 공원, UAE 두바이의 알바샤 공원, 인도 뭄바이의 조거스 파크를 거쳐 2020년 방글라데시의 유스 클럽 파크에 이르기까지 계속되었다.

인도 뭄바이 조거스 파크

각국의 다른 환경 속에서도 변함없이 숙소 근처의 공원에서 새벽 공기를 마시며 운동 겸 산책을 하였다. 특히 인도와 방글라데시처럼 건기 동안의 오염된 공기에 장기간 시달리다가 맞는 몬순 기간 동안의 산책은 더할 나위 없이 상쾌하였다.

몬순의 지속적인 강우는 6월 초부터 9월 하순까지 이어지며, 이 기간 동안에는 새벽에 비가 오더라도 마다하지 않고 산책을 계속하였다.

방글라데시 다카 유스 파크 산책로(몬순 강우로 한층 푸르러진 나뭇잎)

공기는 몬순의 비로 인해 정화되어 맑아졌고, 그 맑은 공기를 마시며 걷는 산책은 몸과 마음을 모두 새롭게 하였다. 걷기 동안에는 대기 중에 먼지와 오염 물질이 쌓여 숨 쉬는 것조차 버겁게 느껴지는 날이 많았지만, 몬순이 시작되면 상황은 극적으로 달라졌다. 땅은 빗물로 촉촉해졌고, 한동안 메마른 채로 있던 나무와 풀은 비를 맞아 생기를 되찾으며 눈에 띄게 푸르게 변하였다. 몬순의 비는 단순히 대지를 적시는 것을 넘어, 공기와 환경을 새롭게 단장시켰고, 공원에서의 산책을 더욱 즐겁게 만들어 주었다.

비 오는 새벽에도 우비를 입고 공원의 산책로를 걸으면, 빗소리와 함께 코끝으로 느껴지는 상쾌한 공기가 한층 더 깊은 평온함을 안겨주었다. 빗물에 씻겨 더욱 선명해진 나무와 꽃들 사이로 걷다 보면, 걷기

교차로에 선 삶의 무대

동안 느꼈던 답답함과 피로가 씻겨 내려가는 듯한 기분이 들었다.

몬순의 비에 젖은 이국의 녹음은 초록빛 물방울로 빛나며 마치 보석처럼 반짝였다. 여명이 밝아 오는 순간 몸 전체가 땀으로 젖는 감각은 또 다른 카타르시스를 선사했다. 뭄바이의 조거스 파크는 새벽의 고요함과 함께 해변의 신선한 풍경을 선사하며, 인도 특유의 혼잡함과는 전혀 다른 매력을 보여 주었다.

산책로 입구에서는 이른 새벽부터 코코넛을 파는 상인을 볼 수 있었다. 신선한 코코넛을 마시는 즐거움은 산책 후에 느낄 수 있는 작은 보상이었다. 50루피로 마실 수 있는 코코넛 한 통은 새벽 산책의 마무리를 장식했고, 집으로 돌아와 따뜻한 샤워를 하면 하루를 새롭게 시작할 준비가 되었다.

인도 뭄바이 조거스 파크 앞 코코넛 판매 상인

특히 UAE의 두바이와 사우디아라비아의 리야드에서 만나는 공원은 황량한 사막 땅에 인공적으로 조성된 공간이라 더욱 특별하고 반가웠다. 끝없이 이어지는 모래와 건조한 공기로 둘러싸인 환경 속에서 공원은 마치 오아시스와도 같았다. 낮에는 태양의 뜨거운 열기로 인해 외출이 쉽지 않았지만, 새벽 시간은 비교적 선선한 공기를 느낄 수 있어 산책하기에 이상적인 시간이었다. 사막의 새벽 공기를 마시며 걷는 동안 공원의 초목은 그 존재 자체로 감사함을 느끼게 했다.

인공적으로 조성된 공원이었음에도 나무와 풀, 그리고 작은 연못은 주변의 황량한 환경과 극명한 대조를 이루며 눈과 마음에 안정을 주었다. 특히, 이른 새벽에 공원 산책로를 따라 걸을 때면 조명이 은은하게 비추는 나무들과 꽃들이 만들어내는 풍경은 잊을 수 없는 감동을 선사했다. 물이 귀한 사막에서 정성스럽게 가꾸어진 초록의 공간은 자연의 힘이 아닌 사람의 노력으로 만들어졌다는 점에서 더욱 감탄스러웠다. 공원의 스프링클러가 새벽녘에 물을 뿌릴 때면, 그 물방울이 공기 중에서 반짝이며 흩어지는 모습은 그 자체로 하나의 예술처럼 느껴졌다.

두바이의 공원은 현대적인 도시 풍경 속에서 여유와 자연을 동시에 느낄 수 있는 공간으로, 한쪽에서는 높은 빌딩들이 아침 햇살에 반사되는 모습을 볼 수 있었고, 다른 쪽에서는 새소리와 함께 초목 사이를 거닐 수 있었다. 리야드의 공원은 사우디 특유의 전통적 분위기와 어우러진 조경이 돋보였으며, 인공 연못 주위에 앉아 있을 때면 먼 사막에서 불어오는 바람과 함께 자연이 주는 평온함을 온몸으로 느낄 수 있었다.

사막 국가에서의 새벽 산책은 단순한 운동 이상의 경험이었다. 극한의 환경에서도 살아가는 자연과, 그 자연을 조화롭게 꾸민 인간의 노력을 동시에 느낄 수 있는 시간이었으며, 그 속

UAE Dubai Albasha Park (2007 ~ 2010)
2010/04/02

UAE 두바이 알바샤 파크

에서 평소 무심코 지나쳤던 자연의 소중함과 물 한 방울의 가치를 깊이 깨닫게 되었다. 모래바람 속에서도 새벽마다 공원을 찾아 걷는 일은 하루를 시작하며 감사함을 느끼는 작은 의식과도 같았다.

2019년과 2023년 두 번에 걸쳐 노르웨이 여행에서 만났던 '비겔란 공원'이 기억에 남는다. 노르웨이 오슬로에 위치한 비겔란 공원은 세계에서 가장 큰 조각 공원 중 하나로, 한 명의 예술가에 의해 설계되고 완성된 독특한 공간이다.

이 공원은 단순한 녹지 공간이 아니라 예술과 자연이 완벽하게 조화를 이루는 장소로, 특별한 감동을 선사하였다. 오슬로 시민들에게는 휴식과 사색의 공간이며, 동시에 노르웨이 문화와 예술을 깊이 경험할 수 있는 장소였다.

비겔란 공원의 가장 큰 특징은 노르웨이 조각가 구스타프 비겔란(Gustav Vigeland)의 작품들이 공원 전체에 걸쳐 배치되어 있다. 공원에는 약 200점 이상의 조각이 설치되어 있는데, 이 작품들은 인간의 삶, 감정, 관계를 주제로 삼고 있다. 특히 중앙에는 '모노리스'라 불리는 거대한 화강

노르웨이 오슬로 비겔란 공원 모노리스

암 조각이 세워져 있다. 17미터 높이의 이 조각은 121명의 인물이 서로 얽혀 있는 모습을 묘사하며, 인간의 삶과 영원의 상징으로 해석된다.

비겔란 공원은 예술 작품뿐만 아니라 자연 그 자체로도 매력적이다. 넓은 잔디밭, 아름다운 꽃밭, 나무가 가득한 산책로는 방문객들에게 평화와 안정감을 제공한다.

이 공원은 단순히 예술 작품을 전시하는 장소에 그치지 않는다. 비겔란 공원은 지역 주민들과 관광객들에게 다양한 활동의 장을 제공한다. 공원을 찾는 사람들은 조각 작품을 감상하며 산책을 즐기거나, 잔디밭에서 가족과 함께 여유로운 시간을 보낼 수 있다. 또한, 비겔란 공원은 노르웨이의 역사와 문화에 대해 배울 수 있는 교육적 공간으로도 활용된다. 이곳의 예술 작품들은 인간 존재의 복잡성과 아름다움을 탐구하도록 이끌며, 방문객들에게 깊은 철학적 성찰을 제공한다.

교차로에 선 삶의 무대

노르웨이 오슬로 비겔란 공원

2024년 폴란드 여행 때 만난 쇼팽 공원도 기억에 남는다. 쇼팽 공원
은 폴란드의 수도 바르샤바에 위치한 아름답고 유서 깊은 공원으로,
'프레데리크 쇼팽'의 이름을 기리며 그 예술적 유산을 기념하는 특별한
장소이다.

공식적으로는 '와지엔키 공원'으로 불리며, 약 76헥타르에 달하는 넓
은 면적을 차지하고 있어 바르샤바의 가장 큰 도시 공원 중 하나이다.
이곳은 자연, 예술, 음악, 역사적 건축물이 어우러진 공간이다.

쇼팽 공원의 중심에는 그의 동상이 자리하고 있는데, 이 동상은 20
세기 초에 제작되어 폴란드의 가장 사랑받는 음악가이자 작곡가인 쇼
팽을 기념하고 있다.

동상은 우아하게 흐드러진 버드나무 아래 앉아 있는 쇼팽의 모습을
형상화하고 있으며, 그 아래로 피아노를 연주하는 그의 손길에서 음악

이 퍼져 나오는 듯한 생동감을 느낄 수 있다. 이 동상은 단순히 예술 작품 그 이상으로, 폴란드 민족 정체성과 문화적 자부심의 상징으로 여겨진다. 특히 여름철에는 동상 주변에서 무료 야외 피아노 콘서트가 열리며, 전 세계의 피아니스트들이 쇼팽의 작품을 연주하는 모습을 감상할 수 있다. 이 콘서트는 공원의 가장 유명한 행사 중 하나로, 자연 속에서 울려 퍼지는 쇼팽의 선율은 방문객들에게 깊은 감동을 선사한다.

폴란드 바르샤바 와지엔키 공원 쇼팽 동상

쇼팽 공원은 역사적 건축물과 아름다운 자연이 조화를 이루는 공간으로, 과거 폴란드의 왕실과 귀족들이 사용하던 곳이기도 하다. 공원 내에는 '와지엔키 궁전(Palace on the Isle)'이라고 불리는 화려한 왕실 궁전이 위치해 있다. 17세기 말에 건축된 이 궁전은 아름다운 네오 클

교차로에 선 삶의 무대

래식 양식을 띠며, 공원 중앙의 호수 위에 떠 있는 듯한 독특한 구조로 유명하다. 현재는 박물관으로 운영되고 있으며, 내부에는 왕실의 생활과 예술품을 엿볼 수 있는 전시물이 마련되어 있다. 이 외에도 공원에는 고대 그리스 양식의 극장, 로마 신전을 연상시키는 원형 건축물, 그리고 귀족들의 사냥 오두막 등 다채로운 역사적 건축물이 분포해 있어, 문화와 역사를 탐방할 기회를 제공한다.

공원 곳곳에는 다양한 동식물이 서식하고 있었고, 청둥오리와 백조가 호수 위를 우아하게 떠다니는 모습을 쉽게 볼 수 있었다. 쇼팽 공원은 단순한 휴식처를 넘어, 바르샤바 시민들과 관광객들에게 음악과 자연, 예술을 통해 교감할 수 있는 공간을 제공하고 있었다. 이곳은 쇼팽의 음악적 유산을 기리고, 폴란드의 역사와 문화를 이해하며, 일상의 분주함에서 벗어나 평온을 찾을 수 있는 장소로 음악과 예술, 그리고 자연이 어우러져 특별한 추억을 선사했다.

공원이란, 자연환경을 보존하고 사람들에게 여가와 휴식을 제공하기 위해 조성된 공공의 공간을 말한다. 이러한 공간은 도시의 일상적인 소음과 스트레스에서 벗어나 평화와 안정을 경험할 수 있는 장소로, 인간과 자연이 조화를 이루는 중요한 매개체가 되어 왔다. 공원은 단순한 녹지 공간 그 이상으로, 다양한 기능과 목적을 가지고 설계되고 이용된다.

공원은 기본적으로 자연을 모방하거나 자연의 일부를 도심 속으로 옮겨 놓은 공간이라 할 수 있다. 대부분의 공원은 잔디, 나무, 꽃, 호수, 산책로 등을 포함하며, 이러한 요소들은 이곳을 찾는 이들에게 자연 속에 있는 듯한 경험을 제공한다. 자연과의 접촉은 인간의 정신적 안정과 신체적 건강에 긍정적인 영향을 미친다고 알려져 있으며, 이 점에서 공원은 현대 사회에서 중요한 역할을 한다.

또한, 공원은 여가 활동의 중심지로 기능한다. 어린이를 위한 놀이터, 운동을 위한 트랙과 체육 시설, 자전거 도로 등 다양한 시설이 마련되어 있어 모든 연령대가 활용할 수 있다. 일부 공원은 공연장이나 전시장 같은 문화적 요소를 포함하여 지역 사회의 문화적 허브로 자리 잡기도 했다. 계절마다 공원에서 열리는 축제, 음악회, 전시회는 주민들에게 즐거움을 제공하며, 지역 공동체를 하나로 묶는 역할을 한다.

공원은 생태적으로도 중요한 공간이다. 도시화가 진행됨에 따라 줄어드는 녹지를 대체하는 공원의 존재는 생물 다양성을 유지하고, 도심의 열섬 현상을 완화하는 데 기여한다. 공원의 나무와 식물은 이산화탄소를 흡수하고 산소를 배출하며, 빗물을 흡수하여 홍수를 방지하는 자연적 역할을 한다. 동시에 다양한 동식물의 서식지로 활용되어, 인간과 자연이 함께 살아가는 모델을 보여 준다.

공원의 역할은 난지 물리적인 공간의 제공에 그치지 않는다. 공원은 도시인의 삶 속에서 쉼과 사색, 교류의 장을 제공하며, 현대인이 추구하는 건강한 라이프 스타일의 필수 요소로 자리 잡았다. 더 나아가, 공원은 우리의 자연에 대한 책임을 일깨우는 교육의 공간으로도 활용된

교차로에 선 삶의 무대

다. 아이들은 공원에서 자연을 경험하며 생태의 중요성을 배우고, 어른들은 이러한 공간을 통해 자연 보호의 필요성을 인식하게 된다.

결론적으로, 공원은 단순히 아름다운 장소가 아닌, 인간의 삶에 깊은 영향을 미치는 공간이다. 공원은 자연과 인간, 개인과 공동체를 연결하며, 환경 보존과 건강 증진이라는 두 가지 목표를 동시에 달성한다. 이러한 점에서 공원은 도시 생활에서 없어서는 안 될 소중한 자산으로, 지속 가능하고 행복한 삶을 위해 더 많이 조성되고 보존되어야 할 것이다.

#24

자연인(自然人)

즐겨 보는 TV 프로그램 중에 〈
나는 자연인이다〉가 있다. 이는
한국 중년층, 특히 은퇴를 앞두거
나 삶의 여유를 찾고자 하는 사람
들에게 깊은 사랑을 받고 있는 대

나는 자연인이다 진행자 이승윤과 윤택

표적인 프로그램이다. 자연 속에서 자신만의 방식으로 삶을 개척하며
살아가는 이들의 이야기를 다루는 이 프로그램은 단순히 자연인의 생
활상을 보여주는 데 그치지 않고, 현대인의 마음에 깊은 울림을 전한다.

매주 하는 본방송을 포함해 일주일에 400회 이상 여러 종합 편성 채
널에서 반복적으로 방송된다고 알려져 있다. 이는 한국 방송 역사상
유례없는 기록으로, 프로그램의 대중적 인기를 잘 보여 준다. 정규 방
송뿐만 아니라, 주말 재방송, 심야 시간대 편성, 심지어는 낮 시간에도
다양한 채널에서 연이어 방영되는 모습을 볼 수 있다. 이러한 높은 편
성 빈도는 프로그램에 대한 중년층 시청자들의 뜨거운 애정과 관심을

교차로에 선 삶의 무대

반영한다.

〈나는 자연인이다〉가 이렇게 많은 사랑을 받는 이유는 단순히 자연인의 특이한 삶의 방식 때문만은 아니다. 치열한 도시 생활과 끝없는 경쟁에 지친 현대인들에게, 자연 속에서 소박하게 살아가는 자연인의 모습은 일종의 대리 만족과 위안을 제공한다. 도시의 소음과 스트레스에서 벗어나 숲과 계곡에서 자유롭게 살아가는 이들의 이야기는 많은 사람들에게 '저렇게 살고 싶다'는 생각을 불러일으킨다. 특히, 프로그램 속 자연인들이 보여주는 자급자족의 삶은 현대인의 이상향을 대변하며, 진정한 행복의 기준에 대해 다시 한 번 생각하게 한다.

또한, 이 프로그램은 단순히 자연 속에서의 생활을 보여주는 것을 넘어, 자연인 각각의 삶의 궤적과 그들이 자연으로 들어가게 된 사연을 조명한다. 누군가는 극심한 스트레스와 건강 문제로 인해, 또 누군가는 가족이나 사회와의 관계에서 어려움을 겪으며 자연을 선택한 사람들이다. 이러한 이야기는 많은 중년층 시청자들에게 공감을 불러일으키며, 그들 자신의 삶을 돌아보게 만든다. 단순히 자연인의 일상을 엿보는 데서 끝나는 것이 아니라, 그들이 전하는 철학과 메시지가 시청자들에게 깊은 여운을 남기는 것이다.

뿐만 아니라, 이 프로그램의 높은 반복 방영 횟수는 시청자들에게 익숙한 친근감을 형성한다. 바쁜 일상 속에서도 채널을 돌리다 보면 쉽게 만날 수 있는 이 프로그램은 많은 중년층에게 일종의 '쉼표' 같은 존재가 된다. 정규 방송 시간에 못 봤더라도 언제든지 재방송으로 접할 수 있는 편리함도 프로그램의 인기 요인 중 하나다.

〈나는 자연인이다〉는 단순한 예능 프로그램을 넘어, 한국 중년층의 삶의 방식을 재조명하고, 은퇴 후 삶의 방향을 고민하는 이들에게 새로운 가능성을 제시하는 데 그 진가가 있다.

또한, 이 프로그램이 전하는 자연 친화적인 삶의 모습은 한국적인 정서와 깊은 연관이 있다. 중년층 대다수는 어린 시절 농촌 문화 속에서 성장했거나, 자연과 밀접했던 삶에 대한 향수를 가지고 있다. 프로그램에 등장하는 자연인의 삶은 농촌에서의 소박한 식사와 직접 손으로 일구는 터전, 자연과 공존하는 철학을 담고 있다. 이는 과거의 추억을 떠올리며, 잃어버렸던 자연과의 연결을 다시금 느끼게 한다. 특히, 자연 속에서 자신만의 삶을 꾸려 가는 사람들의 이야기는 단순히 과거를 상기시키는 것을 넘어, 현대 사회의 소외감과 피로감을 해소해주는 정서적 위로로 다가온다.

하지만 솔직히 프로그램 속 자연인처럼 세상과 완전히 단절된 채 고립된 산속에서 살아갈 용기는 없다. 대신, 이 프로그램에서 얻는 교훈은 온전히 은퇴한 후 갑작스레 다가올 해방감과 막연함 속에서 길을 잃지 않도록 준비하는 데 도움이 되기를 바라는 마음이다. 은퇴 후 타이틀과 직책을 모두 내려놓으며 느껴질 수 있는 무력감과 우울감에서 벗어나, 새롭게 찾아온 자유를 온전히 누릴 수 있는 삶의 방향을 찾기를 바라는 마음이다. 자연인의 삶을 통해 배우는 것은 물질적 풍요보다 중요한 것은 정신적 만족이라는 사실이다. 자연 속에서 건강과 마

교차로에 선 삶의 무대

음의 평화를 찾아가는 모습은, 은퇴 후 추구해야 할 삶의 본질이 무엇인지 다시금 생각하게 만든다.

　은퇴 후 완벽한 고립이 아니라, 자연과의 공존 속에서 단순하지만 의미 있는 삶을 설계하고 싶다. 물질적인 것에 집착하기보다, 과거의 추억과 경험을 토대로 새로운 삶의 기준을 만들어 가기 위해서는 은퇴 후에도 몸과 마음을 돌보고, 주변 사람들과의 관계를 지속적으로 유지하며, 자연과 가까이 지내며 소박하지만 행복한 삶을 꾸리는 방향을 목표로 삼고 싶다.

교차로에 선
삶의 무대

ⓒ 박홍섭, 2025

초판 1쇄 발행 2025년 2월 25일

지은이   박홍섭
펴낸이   이기봉
편집   좋은땅 편집팀
펴낸곳   도서출판 좋은땅
주소   서울특별시 마포구 양화로12길 26 지월드빌딩 (서교동 395-7)
전화   02)374-8616~7
팩스   02)374-8614
이메일   gworldbook@naver.com
홈페이지 www.g-world.co.kr

ISBN   979-11-388-4027-9 (03810)

• 가격은 뒤표지에 있습니다.
• 이 책은 저작권법에 의하여 보호를 받는 저작물이므로 무단 전재와 복제를 금합니다.
• 파본은 구입하신 서점에서 교환해 드립니다.